커피숍 안의 풍경

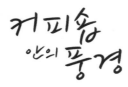

펴 낸 날 2014년 2월 17일

지 은 이   이희숙
펴 낸 이   최지숙
편집주간   이기성
기획편집   윤은지, 이윤숙, 윤정현, 김송진
표지디자인 신성일
펴 낸 곳   도서출판 생각나눔
출판등록   제 2008-000008호
주   소   경기도 고양시 덕양구 화정동 903-1번지, 한마음프라자 402호
전   화   031-964-2700
팩   스   031-964-2774
홈페이지   www.생각나눔.kr
이 메 일   webmaster@think-book.com

• 책값은 표지 뒷면에 표기되어 있습니다.
  ISBN 978-89-6489-261-9 03810

• 이 도서의 국립중앙도서관 출판 시 도서목록(CIP)은 서지정보유통지원시스템 홈페이지
  (http://seoji.nl.go.kr)와 국가자료공동목록시스템(http://www.nl.go.kr/kolisnet)에서
  이용하실 수 있습니다(CIP제어번호: CIP2014002637).

나누고자 하는 삶 속에서 기쁨과 사랑, 행복을 발견하는
'커피 쏘울'만의 사랑 가득한 이야기

성공적인 커피숍 운영사례 수록

이희숙 지음

커피숍
안의 풍경

프롤로그

나의 꿈, 커피숍!

사람들은 누구나 꿈을 꾼다. 그러한 자신의 꿈을 이루어가는 사람이 있는가 하면, 시간의 흐름 속에서 무심결에 꿈을 잃고 현재의 삶에 안주해 그냥 막연함으로 살아가는 사람들도 있다.

어저껜 심한 피부병 때문에 개강한 후 두 주나 늦게 학교에 간 딸아이가 걱정되어 부산에 내려가게 되었다.

문득 자동차 라디오에서 들려오는 음악이 무척이나 정감 있게 느껴진다. 오래전 늦은 저녁 시간 『밤을 잊은 그대에게』라든가 『두 시의 데이트』와 같은 음악 프로그램을 들으며 나의 상상력이 커졌던 시절이 있었는데 오랜만에 다시 듣는 라디오의 감흥은 무척이나 새로웠다.

라디오 DJ가 된 강석우의 콧노래 소리와 함께 오랫동안 보지 못했던 『공포의 외인구단』으로 유명한 만화가 이현세의 인터뷰도 듣게 되었다. 『공포의 외인구단』 주인공인 엄지와 까치는 자신이 그리고 싶었던 이상형이고 엄지는 원했던 여성상이라고 말한다. 그 당시 만화나 드라마의 소재는 '사랑이나 도전'을 많이 다루었는데 스포츠 중에서도 룰(Rule)이 가장 복잡한 야구 경기에 드라마의 테마를 삽입해 인기 절정을 달렸던 주인공들의 잔잔하면서도 가슴을 울리는 아름다운 대사는 잊을 수가 없다.

"난 네가 좋아하는 일이라면 뭐든지 할 수 있어…"

실명이 된 후에 다시 만나게 되는 그들의 운명, 사랑의 힘이 그들을 더욱 간절히 그리워하게 하였는지도 모른다는 생각을 하며, 이렇게 아름다운 사랑이야기를 부러워하는 내 안의 마음을 읽어보니 그 작가가 꿈꾸어 왔던 것을 이해할 수 있었다.

이렇듯 만화가 이현세는 자신의 꿈을 작품에 반영하여 작품 안에서 새로운 인물로 탄생하게 하면서 꿈이 얼마나 행복한 것인지를 다시금 생각하게 한다.

밥을 먹어도 생각이 나고, 잠을 자도 생각이 난다는 요즘 유명한 드라마의 대사가 떠오른다. 『굿 닥터』에서 외과의사를 향한 주인공의 마음이….

그는 자폐 3급과 서번트 증후군(savant syndrome)을 앓고 있는데 뛰어난 암기력과 따뜻한 마음을 가지고 있으며, 병에 대한 뛰어난 통찰력으로 병명을 잘 찾아내는 능력을 지녔다. 그 때문에 선배의사와 교수는 진단의학과 쪽으로 해당 부서를 옮기라고 권유를 하지만 그는 외과 의사가 되고자 하는 간절한 바람을 자신의 꿈과 결부시킨다. '꿈은 생각만 해도 행복하다고….'

우리는 매 순간 선택과 결정을 하며 살아간다.

커피숍 오픈 후 가끔 듣는 질문이 있다. 교사를 했을 때와 커피숍을 운영하면서 느끼는 차이가 어떠냐고? 단연코 지금의 내가 더 행복하다고 말을 한다.

나는 미술교사였고 교직에 몸을 담은 이십여 년간 그 분야에서 최고상을 여러 번 받기도 했으며 남들이 인정하는 대학원 과정도 마쳤다. 하지만 정작 그 분야에서 만족하기보다는 전에 늘 꿈꾸어 왔던 자유로움과 여유, 그리고 다양한 사람들과의 만남을 소중히 여겼다. 그러면서 카페운영 계획을 세우게 되었고, 그것을 향해 나아가려고 한 걸음 한 걸음씩 발걸음을 옮겼다는 생각을 지금에서야 해보게 된다.

매일매일 경쟁을 하며 서로에게 상처를 주고 상대편보다 우위에

서야 하기에 서로 인정하지 않으려는 사람들의 태도, 그리고 학교 이동 시즌이 되면 근원지를 알 수 없는 소문에 귀를 쫑긋 세우게 되는 일, 이동 후 오는 사람, 가는 사람과의 친화 혹은 불협화음에 이를 참고 인내해야 하는 것은 그리 쉬운 일은 아니었던 것 같다.

내가 교사에서 커피숍 오너(Owner)로 직업이 바뀌게 된 동기는 사람들이 생각하는 성공의 잣대에 자신의 모습을 꿰맞추어야 했고, 막연하게 주어진 의무와 책임을 다하면서도 먹고 사는 데 전전긍긍해야 했으며, 이렇게 스스로 왜 그래야 하는지도 모른 채 분투하면서 시간을 보냈기 때문이다.

또한, 내가 생각하는 꿈을 이루는 데 있어 너무 시간이 늦어지면 어려움이 있을 것 같았다. 그래서 나는 과감하게 내가 속에 그리던, 내가 행복하고 즐거운 일이 무엇일까를 생각하며 카페의 오너로 직업을 전환하게 되었다.

정신없이 바쁜 아침 시간을 쉬어 갈 수 있어서 처음엔 매우 좋았고, 시간이 지나면서 카페는 나에겐 놀이터이자 쉼터로, 때론 여러 장르의 음악을 들으며, 그리고 그림을 그리고 싶을 때에는 그림을 그리기도 하면서, 모든 것을 섭렵할 수 있는 공간이 되어버렸다.

그라인더에서 커피 가는 소리를 들으며 탬핑을 할 때에 커피 양의 균형을 맞추어 18초에서 23초 안에 정성스럽게 에스프레소를 만드는 것 또한 너무 재미있고 즐거운 시간이 되어버렸다.

커피를 만들 때 나는 내가 숨을 쉬고 있다는 것을 발견하며 행복해하기도 한다. 여러 종류의 메뉴마다 색깔의 조화와 완성된 토핑을 보면서 즐거움을 느끼며, 사람들과의 정서를 공유하고, 시간이 지나면 지날수록 서로 간에 편안함을 유지할 수 있어 거리가 더욱 좁혀지는 것 같고, 이에 카페가 유익한 통로가 되는 것 같아 또한 기쁘기도 하다.

나의 카페는 이렇게 시작되었고, 꿈꾸었던 카페를 운영하며 만들어가는 나만의 이야기는 이렇게 전개된다.

많은 여자가 나이 들어 하고 싶은 일을 물으면 단연코 자신의 카페를 운영하는 것이라고 말한다. 그런 나 자신도 이러한 욕구에 부응하여 시작하게 된 작은 카페 '커피 쏘울'. 어느덧 4년 가까이 접어든 지금, 교직 생활과는 전혀 다른 일을 시작하는 터라 처음엔 적응하기도 어려웠을뿐더러 여러 명의 사람이 문 여는 소리, 발걸음 소리에도 놀라 심장이 두근거렸지만, 이제 세상은 너무나도 다양한 사람들이 존재한다는 것을 새삼 깨닫는다.

짧지도, 길지도 않은 시간을 통하여 만나게 되는 사람들. 시간이 지나면서 이제는 세월의 흐름 속에 오래 묵은 친구처럼, 눈을 뜨고 삶의 일터에서 하루 일을 시작하려는 순간 문득문득 떠오르는 이들의 얼굴이 새삼 나의 일에 더욱 살아 있는 생동감을 느끼게 하는지도 모른다.

이러한 작은 행복과 감사로 이곳 '커피 쏘울'을 시작한 후 지나간 많은 시간 속에 어우러져 은빛 여울처럼 영롱한 물결의 울타리를 만들게 한 아름다운 사람들의 이야기를 펼쳐볼까 한다.

카페를 찾아오는 사람들의 모습은 커피의 종류만큼이나 다양하다. 외모, 말투, 나이, 직업 등과 관계없이 각계각층의 사람들이 이곳을 찾아온다.

만남의 장소를 통하여 수다를 떨며 스트레스를 해소하는 여자들, 직장에서 압박감에 시달려 동료 티격태격 대화하면서도 서로 격려를 원하는 사람들, 동아리를 지어 토론에 열띤 학생들, 과제에 바빠 컴퓨터 자판을 열심히 두드리는 사람들, 시험에 쫓겨 끝나는 시간을 한없이 뒤로 미루고 싶어하는 학생들, 사랑에 빠져 주변을 아랑곳하지 않고 애정행각을 벌이는 젊은 청춘들….

오늘날 사람들은 소통을 필요로 한다.

그래서 만남이 필요할 때 찾는 카페, 조용히 책을 보고 싶어 찾아가는 카페, 달콤한 민트쵸코 한잔의 여유를 즐겨보는 젊은 청춘의 낭만, 가족 간의 소통을 통해 보는 카페의 조화로운 모습…. 이렇듯 이곳 낭만 가득한 '커피 쏘울'의 전경은 유리창 너머 한껏 여유로운 삶의 모습을 담아내기에 충분하다.

'커피 쏘울'을 나갈 때 이들의 뒷모습은 달콤한 카페모카이거나 쓰디쓴 에스프레소일 것이다.

 목 차

부록 - 성공하는 카페 창업과 운영

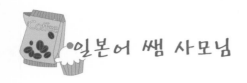

일본어 쌤 사모님

팔월 중순을 넘은 날씨는 폭염에 가까울 정도로 뜨겁다.

습기 하나 없는 건조함 속에 오늘은 아침 일찍 체육관에 들어선다. 웬걸 8월 16일, 17일, 18일 휴가라는 문구가 나를 다시금 집으로 향하게 하고, 무거운 발걸음을 옮기게 한다.

뜨거운 햇살을 받으며 제민천 길을 따라가는 순간 이곳 '커피 쏘울'을 운영하며 만난 일본어 쌤 사모님을 문득 떠올리며 전화번호를 눌러본다. '커피 쏘울'에서 이런 수다, 저런 수다 떨며 만난 사람중 첫 번째 인물인지도 모른다.

전에 거의 이십여 년간 교직 생활을 하며 많은 시간을 보냈지만, 커피숍을 운영하며 다른 세상의 문턱에서 만난 새로운 친구에게이렇게 편하게 전화를 할 수 있어서 행복함을 느낀다.

"체육관 문을 열지 않았는데 우리 수원지에 가서 산책하지 않으

실래요?"

나의 제안을 그녀가 선뜻 반갑게 받아들이며, 우리는 어느덧 수
원지에 다다라 있었다.

공주 금학동에 위치한 수원지는 오랫동안 인간의 발길을 거부
한 탓에 많은 사람의 발길이 닿지 않아 아름다운 자연을 고스란히
가지고 있는 산책의 장소이기도 한다. 쭉 걷다 보면 그곳의 풍경과
자연에 혼연일체가 되어 그곳의 웅덩이에 흠뻑 빠져드는 느낌이
들 때가 있다.

세상엔 이런 친구, 저런 친구 다양한 모습의 사람들이 있다. 그

러나 정작 같이 만나 이야기를 나누다 보면 대화의 소통이 원활하게 이루어지지 않는 것을 발견할 때 가 있다.

친구란 어떤 공통의 언어가 있어야 한다고 생각한다. 자식, 부모 간에도 마찬가지이고 또한 부부간에도 공통의 언어가 있어야 한다.

그것은 어찌 보면 삶을 살아가는 데 있어 서로가 바라보는 방향이 같아야 하는 것을 의미할 수도 있다. 취미생활에서도 같은 것을 공유할 때 더욱더 풍요로운 대화를 이어 나갈 수가 있다.

어찌 보면 일본어 쌤 사모님은 운동이라는 공통적인 취미를 같이 공유하기에 대화가 수월하고 풍부해지는 것이 아닐까 한다.

가족 간의 화목의 장소

이곳을 다녀간 많은 사람이 말한다.

"이곳은 참 편안하고 예쁘고 또한 인테리어가 잘 되어 있다."

그래서 난 이곳에 들어오는 순간 녹색의 바탕에 이국적인 '커피쏘울'만의 전경을 바라보며 이곳에서 더욱 행복해지려는 노력을 아끼지 않는다.

첫 번째는 영어 성경을 읽으며 경건의 시간을 가짐으로 하나님을 통한 자신과의 만남을, 두 번째는 장르에 구분 없이 많은 외국 영화를 보는 것이다. 특히, 로맨틱 코미디 영화를 볼 때 뿌듯한 행복감을 느끼게 한다. 이것은 어떻게 보면 영어공부를 하겠다는 일념에서 시작된 것인지도 모른다.

그렇게 3, 4년 남짓한 시간 속에서 영어 성경 Living life와 영어와 관련한 많은 종류의 영화를 보게 됨으로써 나의 영어단어 실력은 부쩍 늘어만 갔다.

얼마 전에 둘째 아이가 영어 과외 예습을 한다고 독해 책을 펼쳐 놓고 단어 공부를 하며 단어를 하나하나씩의 물어본다. 딸이 응답하고 남편도 응답을 한다. 그 중 가장 높은 단어 실력을 갖춘 사람은 단연코 나 자신이었다.

소통은 서로가 어떤 방향을 향해 나아갈 때 같은 언어로 대화할 수 있어야 하는 것이다. 요즈음 소통을 주제로 많은 사람이 강의를 하곤 한다.

언젠가 CBS 방송에서 어떤 목사님의 설교를 들은 적이 있다. 현대인들은 모두가 지쳐 있어 위로를 받고 싶어 한다. 한 가정의 가장이 집에 돌아왔을 때 아이는 컴퓨터를 하느라 바빠 아빠를 쳐다보지 않는다. 또한 부인은 TV를 보느라고 남편을 바라보지 않는다. 가장은 자신이 왔음에도 아무도 바라보지 않자 다시금 '나, 일열심히 하고 왔다'고 소리친다. 그래도 아무도 바라보지 않자 '난 정말로 위로가 필요하다'고 외쳐 댄다. 극단적인 예이지만 정작 우린 서로 서로의 위로가 필요한 존재인지도 모른다.

원어민 선생님

'커피 쏘울'을 시작할 무렵이 가을이었다. 가을이 깊어가는 구시월 이곳의 풍경은 은행잎이 너무나 찬란한 금빛 향연을 벌이는 축제 장소이다.

대부분 학교엔 원어민 선생님이 한두 명씩 있다. 은행잎이 장관을 이루는 계절 이곳엔 황금빛 머릿결에 미술에 유난히 관심이 깊었던 크나큰 키의 푸른 눈을 가진 Ireland 청년이 나타났다.

그는 유달리 미술이론 및 미술사에도 상당한 지식과 식견을 갖춰서 미술을 전공한 나와 미술이라는 연결고리로 원활하고 자유로운 소통을 이어나갈 수 있었다. 미술의 유파 중에 다이나믹 하면서도 역동적인 생동감을 나타내는 미래주의 작가의 작품을 좋아한다고 했던 그는, 자신의 나라인 Ireland에는 비가 너무 많이 와서 며칠 동안 비를 맞고 다녀야 하는 불편함이 따르지만, 이곳 한국의 눈 내리는 풍경은 무척이나 아름답고 좋다고 했다.

한국에 와서 처음 발걸음을 들여놓은 카페 '커피 쏘울' 처음엔 모든 것이 낯설어 어리둥절, 그리고 차츰 그는 이곳의 카페를 통하 여 한국사람들이 살아가는 다양한 형태의 삶을 바라보았는지도 모른다.

이렇게 이곳 '커피 쏘울'에서는 여러 모양의 관계를 형성하는 장소 이기도 하고 또한 여러 종류의 사 람을 알아가는 장소이기도 했다.

오는 10월 그는 결혼한단다. 물 론 우리 교회의 한국인 여자와…. 행복했으면 좋겠다.

오월의 햇살 가득한 어느 날, 파 란 눈망울의 여리디여린 심성을 가진 미니크의 등장. 그녀는 저체중 미숙아로 태어났다고 한다.

그녀의 어머니는 지금까지도 그녀에 대해 걱정이 많다. 얼마 동안을 인큐베이터 안에서 지내야 했기에, 그래서 그녀의 어머니는 그녀를 더욱 안타깝고 특별하게 생각하며 그녀의 이름을 특별한 존재 Unique에서 유래한 Mineque로 지었다고 한다.

처음 만난 순간 눈물을 주룩주룩 흘리며 나의 손을 잡았던 그녀는 이 근처의 초등학교 원어민 교사였는데 그녀는 몹시 이곳의 생활이 힘들었던 것 같다.

전에 그녀의 고향 South Africa에서 수직(Tapestry)을 전공하고 그곳에서 중고등학생을 십여 년간 가르쳤다고 한다.

이곳에서 좋은 친구를 만나 행복하다며 같이 영어 성경인 Living life를 보며 서로의 의견을 물어보고 또한 자신의 초등학생 수업 교재를 만들 때에도 도움을 요청하기도 하여 같이 자료도 만들고 시간이 되면 같이 산책도 하고 음식도 나누어 먹고 이런 저런 얘기를 나누며 행복해하였던 기억이 생생하다.

그러나 그녀는 고향이 그리워 매 순간 향수병에 힘들어할 때가 있곤 했다. 그녀는 비행기로 18시간 이상 걸리는 머나먼 타국 Capetown of South Africa에서 이곳으로 와서 생활하니 의지할 친구가 그리 많지 않아 더욱 그랬던 것 같다. 그녀의 엄마는 내가 그녀를 잘 돌봐준다고 여러 가지 선물을 보내기도 했다. 그 중 하나인 나뭇잎 모양의 둥근 화관은 너무나 섬세하고 아름다워 들어오는 입구인 벽면에 붙여 놓기도 했다.

한산한 어느 저녁 시간, 초록색 눈에 엷은 갈

〈미니크 엄마가 보내 준 흰색의 꽃 화관〉

색 머리와 날씬한 몸매를 가진 Sarah의 출현은 나를 영어에 대한 갈증에서 벗어나게 하는 데 많은 도움을 주었다.

그동안 내가 영어 주변 국가인 South Africa, Ireland 사람들과 소통하며 아쉬운 점이 있었는데, 그녀와 영어로 대화하면서 정확하고 명확한 소통에 점점 더 재미와 흥미를 느끼며, 영어와 친숙해져 가는 자신을 발견하곤 했다.

그녀의 고향은 Michigan of America이다. 그녀는 작년 3월에 이곳에 와서 올 2월 말에 한국을 떠나 자신의 고향 Michigan으로 돌아갔다.

'커피 쏘울' 이곳에서 만나 아이들이 가지고 노는 칼라믹스 클레이 작업도 같이 하고 뜨개질을 하며 가방을 만들며 보냈던 시간이 속속들이 그리워지는 시간이다. 그녀와의 돈독했던 우정을 과시하며 많은 수다를 떨며 보냈던 시간, 문득 그녀를 생각하면서 그녀가 이곳에서 마무리 짓지 못했던 것을 기억하게 되었다. 그녀는 회색의 조그만 핸드백을 만들고자 했으나 계속 작업을 반복하는 과정에서 실패로 이어졌고 도중에 그것을 그만두게 되었다. 그러면서 그녀는 자신의 실타래를 이곳에 남기며 떠나갔다. 난 그녀를 생각하며 그녀가 마무리 짓지 못했던, 그녀가 원하는 핸드백을 다시 만들기 시작했고, 마침내 그녀가 있는 Michigan에 보내주었다. 그녀는 자신의 마음을 읽었다는 것에 반가움 내지 놀라움을 금치 못하고 매우 기뻐했다.

우리는 보통 아무리 가까운 친구도 한 친구가 멀리 떠나면 마음도 멀어지고 우정도 이어지지 않는다고 생각한다. 그렇지만 우리의 우정은 아직도 진행 중인 'Ing' 형태로 지속하고 있다. 또한 그녀는 자신의 필체로 한국어로 '안녕하세요' 적은 다음 나의 이름 이희숙을 '이흐숙이라고 적어 머나먼 MIchigan에서 엽서를 보내기도 했다.

요즘 나이에 관계치 않고 많은 이들이 편리하게 소식을 주고받는 카카오톡을 통해 새라와 나도 지금껏 매일매일의 일과를 이야기하며, 서로의 행복한 날을 위해 격려를 아끼지 않으며 축복의 메시지를 주고받고 있다.

〈Sarah가 보낸 지금의 시카고 풍경〉

〈Sarah에게 보내준 손으로 직접 만든 핸디 메이드 백〉

그리고 김밥을 싸 와서 그녀와 나누어 먹던 일,

Thanks giving day에 그녀의 엄마가 직접 만들어 보낸 목걸이 등이 기억에 남는다.

그녀는 한국을 떠나기 하루 전 Say good bye를 한다고 나한테 찾아왔다. 그녀는 그동안 고마웠고 행복했다며 그녀가 직접 십자수로 만든 Coffee soul 마크를 새기고 오두막집 풍경이 담긴 갈색 프레임의 액자를 선물로 가져왔다. 그리고 그 액자를 카운터 앞에 붙여주고 이곳

<Sarah가 직접 제작한 십자수 작품>

'커피 쏘울'을 떠났다.

어저껜 그녀에게 '커피 쏘울'에 대하여 책을 쓸 계획을 세우고 있다고 카카오톡을 통하여 말했다.

그녀는 놀랍다며 영어로 번역돼서 자신도 읽을 수 있으면 좋겠다고 하면서 반드시 성공적인 사례를 쓰라고 권유를 한다. 나는 주제가 커피숍 안의 풍경이라고 했더니 그녀는 매우 흥미로운 책이 될 것이라고 예견을 한다.

그리고 너에 대해서도 글을 쓰고 있다고 했더니 'I look forward to it.'이라고 나에게 기대 어린 메시지를 보낸다.

그리고 그녀가 사진으로 보내주는 그녀의 고향 Michigan의 호수는 정말 아름답다.

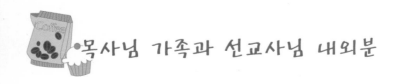

목사님 가족과 선교사님 내외분

우리 교회 목사님이 몇 달 전에 바뀌었다.

전 목사님이 해병대 장교 출신으로 완고하고 엄격하며 권위적인 모습이라고 한다면, 바뀐 지금 목사님은 굉장히 유머러스하기도 하고 우리가 가진 목사님에 대한 기존의 선입견을 깨뜨리는 그러한 분이시다.

처음 교인들과의 만남에서 목사님은 "우리는 완벽한 존재가 아니므로 실수도 있고 부족함투성이일 수 있다."는 말씀을 던지셨다. 이 말씀으로 우리는 모두가 옳고 자신의 완벽함을 추구하는 바리새인의 태도라는 측면에서 한껏 자유로워질 수가 있었다.

얼마 전 아프리카 케냐에서 선교사로 활동하시는 목사님 내외분이 아프리카로 출국하기 바로 전날, 우리 교회 담임목사님 내외분과 이곳 '커피 쏘울'에 오셨다.

이곳 사람들과는 여러모로 다른 순수함을 가지신 아프리카 케냐에서 목회하시는 선교사님. 생각마저도 분주하고 바쁜 이곳 사람들과는 달리 조용함의 미덕처럼 차분하게 말씀하시는 그분의 모습 안에서 예수님의 참고 인내하는 평안의 메시지를 읽을 수 있었다.

선교사님 사모님께서는 아프리카 케냐가 원산지인 KENYA AA 라는 커피를 선물로 주고 가셨다. 내가 가장 좋아하는 KENYA AA라는 이 커피를 그라인더에 갈아 마시는 대신 기념으로 이곳 '커피 쏘울'의 데코레이션으로 선반 위에 예쁘게 올려놓았다.

우리 교회 목사님은 심리학을 전공하신 분이라 사람들의 이야기를 마음 편하게 잘 경청하신다.

우리는 사람을 만났을 때 화두를 어떻게 시작해야 하는지가 참 어렵다. 왜냐하면 그 사람의 취미도 모르고 무엇을 생각하며 살아가는지, 어떤 종교를 가졌는지 등, 여러 가지의 상황을 모르고 잘못 말하다 보면 본의 아니게 실수를 하는 경우가 있기 때문이다.

이렇듯 첫 만남의 어려움은 우리가 서로 상대방에 대하여 모르기 때문에 일어나는 게 아닌가 싶다. 목사님 내외분과 선교사님 내외분의 대화 화두가 어떻게 시작되었는지 모르지만 영화 얘기로 흐름이 연결되었다.

"목사님은 요즈음 어떤 영화를 보셨습니까?"

이 얘기를 들으며 내가 본 영화를 생각해본다.

얼마 전에 보았던『더 울버린』,『설국열차』 등이 생각나서 그 영화들을 떠올려 보았다.『설국열차』는 봉준호 감독의 작품으로 주요배우들은 유럽에서 활동하는 잘 알려진 배우들이었다.

지구를 덮친 빙하를 피해 그곳에서 기차의 마지막 칸에 탄 사람들, 생존을 위해 자신의 몸의 일부인 팔까지도 내어놓고 그것을 같이 나누어 먹어가며 생존을 유지하는 기차 맨 뒤 칸의 사람들, 기차의 맨 앞 칸은 이들을 지배하는 절대적인 존재가 있다.

기차의 맨 뒤 칸의 사람들은 목숨을 건 투쟁을 하며 한 칸 한 칸씩 앞 칸으로 나아간다. 그러면서 전쟁과도 같은 피비린내 나는 상황들이 이어진다. 맨 앞 칸, 거기에 그 기차를 이끄는 지도자가 있다. Chris Evans(기차 맨 뒤 칸의 commander)는 몇몇 아래 지휘자들과 투쟁적으로 싸워 올라간다. 기차의 맨 앞 칸에 거의 도달할 무렵 송강호와 고아성이 나타난다. 이들은 오랜 시간 거의 이십 년 가까이 기차의 해동 칸에서 살며 기차의 비밀을 알고 있는 인물들이다. 그들은 하얀 눈이 뒤덮인 바깥세상에 대해 궁금해하며 분명 바깥세상은 점차 기온이 올라가며 눈이 녹고 서서히 움직이고 있음을 느낀다.

Chris Evans와 만난 송강호와 고아성, 이들은 절대적인 지배자와 맞선다. 절대적인 지배자(Edward Allen Harris)는 Chris Evans에게 자신의 권력을 맡기려 한다. 고통받는 밑바닥 사람들을 대변하고 자신과 그들의 자유를 위한 투쟁 앞에서 절대적인 지배자는 Chris Evans를 유혹한다. 이 세상 삶의 질서가 다 이러한 것이라고 설명을 한다.

상위계급과 그들을 위해 존재하는 하위계층의 조화로운 삶이 이 영화에서는 너무나 잔인하게 다뤄진다. 그렇지만 그것은 삶이 존재하는 한 부수적으로 따라야 하는 부분이라며 지배자는 삶의 경제 논리를 펼친다. 이에 Chris Evans의 눈빛이 잠시 흔들리기도 하나 바깥세상의 자유를 향해, 그는 마지막 기차에서 마침내 벨을 누르며 기차를 파괴한다.

마지막 생명인 고아성과 흑인 어린아이. 흰 눈이 덮인 산맥에서 하얀 곰은 산을 오르고 그들은 하얀 눈이 덮여 있는 정상에서 서 있다.

무엇을 의미하는가는 받아들이는 개인의 생각에 따라 다르겠지만, 나는 '새로운 시작'으로 받아들이며 영화의 줄거리를 마쳐본다.

또 전에 본 일본을 배경으로 한 『더 울버린(The Wolverine)』이라는 영화를 생각해보았다. 이 영화는 일본을 배경으로 펼쳐진다.

포로를 가두는 구덩이에 갇히게 된 울버린(Hugh Jack man)은 원자탄 폭격을 받아 일본이 패망하게 되자 일본군 장교 중 두 사람은 자결(이러한 행동을 그들은 사무라이 정신이라 한다.)하게 되고 두려움으로 망설이던 한 일본인 장교를 구덩이 속으로 밀어 넣어 그의 목숨을 구하게 된다. 울버린 자신은 심한 부상을 당하면서 일본군을 구하게 되나 울버린이 당한 부상 부위가 자생력으로 자연 치유됨을 보게 된 일본군을 그것을 기억하고 그 자리를 떠나게 된다.

그러나 많은 시간이 흐른 후 일본인 군인은 엄청난 부를 가진 재력가로 나타난다. 그러나 말기 불치병에 걸려 주치의에 의존하고, 그의 생명은 어떤 힘을 가진 주치의에 의해 불멸의 삶을 영위하려는 숨은 의도로 죽음까지도 거짓으로 위장한다. 그리고 로봇 안에서 자신의 젊은 시절 모습을 그대로 간직하며 영원불멸의 힘을 가지려고 울버린의 자연 치유력을 빼앗으려 한다. 그러나 울버린은 그가 구했던 일본인 군인의 가정과 그것을 둘러싼 악의 현장에 나타나 그의 잘못된 영원불멸의 꿈을 파괴시키고, 악의 소용돌이를 바로 잡아 정의를 실현하는 한 인간의 구원자로 나타난다.

요즈음 영화는 동서양 구분 없이 동서양이 조화를 이루어 가는 모습을 흔히 볼 수 있다. 유럽의 유명배우와 우리나라 감독이 호흡을 맞춰 조화를 이루어내는 영화『설국열차』, 일본을 배경으로 유명배우인 Hugh Jack man의 휴머니즘을 볼 수 있는 영화『더 울버린』, 그리고 우리나라 배우인 이병헌이 유럽의 유명배우들과 함께 출연하는『지 아이 조』가 그렇다. 처음엔 악역으로 나왔다가 죽는 역할로 끝났던 것과는 달리 후속 작품인『지 아이 조 2』에서는 할리우드 스타들과 우리나라 배우인 이병헌이 최고 주연의 배우로 등장했다.

영화시장서 우리나라가 영화를 보는 관객 수가 어마어마하다고 한다. 이병헌의 영화『광해』는 관객 수가 천만 명을 넘었다고 한다. 이러한 것을 볼 때 유럽의 감독 또한 한국의 영화시장을 대단히 비중 있게 여기는 것 같아 한국인으로서 매우 기쁘고 뿌듯하게 생각한다.

이렇게 내가 보고 느낀 영화에 관한 이야기를 줄줄이 하면서 목사님 내외분과의 화기애애한 시간이 지나가고 있었다. 사모님에 대해서도 어떤 분일까 하고 궁금했었는데 이야기를 하는 동안 성경을 많이 읽고 묵상을 많이 하는 분이라는 것을 알게 되는 시간이었다.

순간순간 행복감을 느낄 때가 최고의 시간을 보낸 것이라고 생각을 하며, 이곳 '커피 쏘울'이 오는 사람 모두에게 다 행복하고 또

한 기쁨에 찬 웃음꽃을 활짝 피우게 하는 장소로 거듭나길 기도해
본다.

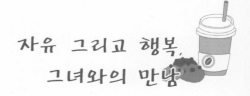

자유 그리고 행복, 그녀와의 만남

사람은 누구를 만나느냐에 따라서 그 사람의 운명이 달라질 수 있다. 자기 생각이나 태도, 동기부여 등으로는 스스로 찾지 못했던 것을, 원활히 찾아 나가도록 통로 역할을 해주는, 새로운 만남 속에 그런 인연이 있는 것이다.

요즈음 난 무엇을 해야 하나? 난 무엇을 해야 행복할까? 끊임없이 무엇인가를 갈구하면서도 늘 가슴 한구석에 밀려오는 허전함은 무엇 때문일까를 고민하며, 내가 하고 싶었던 것을 생각해보았다. 그것은 자신의 이야기를 담은 책을 만들고 싶은 꿈틀거리는 욕망이 내면에 자리 잡고 있었던 것은 아니었을까 하는 생각으로 고민하던 중이었다.

그러던 중에 나에게 많은 영향을 준 통찰력이 깊은 한 중년 여인을 만났고, 여러 가지 감회가 새로웠던 일이 있었다.

어느 날이었는지 모른다.

'커피 쏘울'에 훤칠한 키에 말끔한 외모를 가진 아들과 함께 자주 이곳에 들러 아메리카노 한잔의 여유로움과 무언가 골똘히 컴퓨터 작업에 신중을 기하는 모습을 보이는 중년의 여인이 있었다. 엄마와 아들이 함께 '커피 쏘울'에 와서, 가정의 거실에서 엄마와 아들이 책을 보는 평화로운 장면을 생각하게 하는 그들의 모습을 보며, 이곳은 참, 사람의 마음을 여유롭게 만들어주는 장소이기도 한 것에 뿌듯함을 느끼곤 했다.

이곳에서 잠시 시간 여유가 있을 때에 공들여 장식해 놓은 여러 가지 소품의 그림, 직접 만든 멋진 가방들을 보며 그녀는 감탄했다. 그러면서 그림 그리는 작업을 계속해서 전시회도 하고 뜨개질로 만든 가방을 선보여 상품적인 가치를 올리는 것은 어떻겠냐 등등, 가끔 이런저런 제안을 하기도 했다. 그럴 때마다 선뜻 그것은 아닌 것 같은, 무언가 다른 것이 있을 거 같은 기대감에 그냥 미소만 지었던 기억이 있다.

그런데 요즈음 그녀는 무언가에 바쁘게 컴퓨터 작업을 하는 것처럼 보여 무엇을 하는지 물었더니 그녀의 대답은 어떤 한 인물의 평전을 쓰고 있다고 한다. 전에 몇 권의 칼럼도 쓴 경험이 있다고 한다. 그래서 난 내가 하고 싶었던 글을 쓰는 것을 넌지시 물어보

앉다. 그녀는 편하게 내가 궁금해하는 것에 대하여 여러 가지 제안을 하며 나에게 막혀 있던 배수관을 뚫어주는 그런 통로와 같은 역할을 해주었다.

그녀의 이런 역할 덕분에 어떻게 보면 나는 잃어버린 소중한 물건을 다시 찾은 그런 기분이었다.

세상엔 여러 부류의 사람이 있고, 만남 속에서 이를 느끼고 좌절하기도 한다.

가령 학창시절 다정했던 친구였는데 많은 시간 세월이 흘러 다시 만났을 때 서로 다른 시간 속에서 가치관이 형성되어 서로 너무나 다른 사람이 되어 서로 이해하지 못하고 자기 생각으로만 상대를 대하려 할 때 크나큰 좌절감을 느낀다.

또 다른 유형의 사람은 자신의 모든 것을 자랑하려 하고 또한 상대방에게 지지 않으려는 속성을 가진 사람들을 만나 대화를 할 때 허탈감을 느낀다.

요즈음 몇몇 사람들과 만나 대화를 하다 보면 물질 중심에 사로잡혀 다른 본질적인 것을 잃어버릴 때가 종종 많이 있다. 이러한 사람들에게 만족감을 갖지 못할 때 생겨나는 나의 허탈감이란 텅 빈 부분을, 정신적인 면으로 채워나가도록 한 그녀와의 만남에 대해, 다시금 감사함이 내 마음 안에서 잔잔하게 물결친다.

글을 쓰면서 내 글에 대한 단조로움이 있을 때 그러한 갈증을 말하면 요즈음 이런 종류의 책들을 한번 읽어보라는 권유를 한다. 난 그녀를 통하여 이런저런 책을 읽어 가며 새들의 자유로움처럼 그러한 것을 책을 통해 느낄 수가 있었다.

양파 껍질을 벗기면 벗길수록 알 수 없는 것처럼, 책을 많이 접하고 있는 그녀의 깊은 사색의 세계가 나를 신비감 속으로 이끌었고, 그리곤 또 다른 행복감에 만취되어 있는 나 자신을 발견하게 하였다.

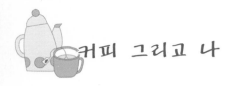

커피 그리고 나

딸기 스무디와 같은 이십 대 청춘.

이곳 '커피 쏘울'엔 긴 머리의 자유로운 영혼을 가진 것처럼 보이는 발랄한 여대생이 가지런히 놓여 있는 입구의 책을 열심히 읽는 모습이 보인다. 책을 읽는 취향을 보면 그녀가 어떤 성격을 가진 사람인지 대충은 알 것 같다.

또한, 검은 캡 모자를 쓴 조용하고 내성적인 남학생은 차분한 아이 같은 남자 고등학생과 조용히 수학공부에 여념이 없다.

나에겐 딸이 하나 있다. 그녀는 이곳 대학은 아니지만 같은 교육대학인 부산에서 학교에 다니고 있다. 그래서 난 젊은이들의 문화나 취향을 딸을 통해서 느끼고 배운다. 그러므로 이곳의 학생들을 대할 때 나의 아이와 같은 그런 느낌을 조금이나마 가져 보는지도 모른다.

이곳에 오는 어떤 사람은 말한다. 이곳의 복숭아 아이스티는 전국에서 제일 맛이 있다고. 조금 웃기기도 하고 재밌기도 한 인테리어를 한다고 하는 그 사람은 다른 자신의 친구들을 데리고 와서 이곳의 복숭아 아이스티를 선보이기도 한다. 내심 내가 만든 음료를 누군가가 그렇게 맛있게 먹는다고 생각해보면 매우 기쁘기도 하고 내가 하는 일에 만족감을 느끼게도 한다.

커피를 배우고 싶어 교직에 있는 동안에 나는 충남대학교 평생교육원에서 6개월 코스의 바리스타 과정을 마쳤다. 처음엔 세계의 이런 커피 저런 커피를 일주일에 두세 번씩 2시간을 통하여 혀끝으로 맛을 느끼고 원형의 그래프로 혀의 왼쪽에서 오른쪽으로 위쪽으로 둥근 모양을 그려가며 커피의 쉰 맛 단맛 짠맛 과일 향의 신선한 맛 등을 알아가는 과정은 그렇게 재미있을 수가 없었다.

햇빛이 강한 고지대의 커피가 브라질 저지대의 커피보다 맛이 훨씬 좋다는 이론을 공부하며, 나는 세계의 여러 커피를 마시는 동안 아프리카 케냐의 쉰 맛이 풍부하고 신선한 과일 향이 풍기는 KENYA AA의 커피의 맛에 빠져 허우적거렸던 기억은 아직도 잊을 수가 없다. 지금도 어떤 커피를 좋아 하냐고 물으면 난 단연코 KENYA AA라고 말한다.

이곳에 오는 사람들은 아메리카노를 즐겨 마신다. '십센치'가 부르는 대중가요 "아메리카노 아메리카노 써어 써어"가 갑자기 생각난다. 아메리카노의 효능 및 좋은 점을 난 알고 있다. 칼로리는 모든 커피에 비하여 가장 낮고, 카페인이 많을 것으로 알고 있으나 가장 짧은 시간(18초~23초) 안에 내리는 커피라 카페인이 다른 커피보다 낮다. 장의 기능을 도와 장운동을 원활하게 하여 배변작용을 돕기도 한다. 또한 항암 성분 및 항산화 작용을 해 젊어지는 효과를 볼 수 있다고 한다. 여러 종류의 커피 중에서 가장 깔끔한 맛을 가진 커피 아메리카노, 일을 시작할 때 마시면 머릿속을 맑게 하여 집중을 도와주는 커피 아메리카노, 난 그래서 아메리카노를 사랑한다.

'커피 쏘울'에 오는 사람들은 말한다. 이곳은 인테리어도 좋고 모든 커피 음료의 맛이 좋은 데 일반적인 다른 커피 전문점에 비해 가격이 너무 저렴하다고. 그래서 가격을 올리라고 소비자 입장에서 권유를 하기도 한다. 그렇지만 내 딸은 그렇게 하지 말라고 권유를 한다. 멀리 타지에 나와 있으면 여러 가지 먹고 싶은 것이 있어도 가격이 비싸면 주머니 사정 때문에 주저주저하게 되고, 생활하는 데도 좀 곤란해진다고 말을 한다.

그래서 난 문화생활 및 여가 생활로 다양한 경험을 하고자 바깥에 나갔을 때, 내가 좋아하는 커피 값이 비싸면 여러 가지 경제적인 측면에서 어려울 거 같아 이곳의 커피 값을 저렴하게 해서 운영하고 있다. '커피 쏘울'의 커피 값이 이렇게 싸다 보니 다른 커피숍에라도 가게 되면, 상대적으로 너무 비싼 커피 값에 놀라 사 마시기를 주저하는 나를 발견하곤 한다. '커피 쏘울'의 저렴한 커피 값이 다른 집 커피를 비싸게 느끼게 하는 셈이 되어버린 것이다.

어찌 됐든 사람들과 함께 호흡할 때 나 자신도 즐겁고 상대방도 기분이 좋아지는 그런 상호작용이 일어날 수 있는 정도의 커피 값이 바람직하지 않을까 하고 생각해 본다.

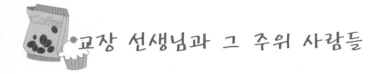

교장 선생님과 그 주위 사람들

이곳 '커피 쏘울'은 다양한 계층의 사람이 와서 만나고 소통하며, 그들의 문화를 누리고 삶의 윤택함을 찾아가는 곳이라고 할까?

발랄하고 생기 넘치는 여대생과 싱그런 풋풋함을 과시하는 여고생 등, 젊은 세대가 함께 공유하는 그런 만남의 장소라고 대부분 알고 있지만, 요즈음 아메리카노 등 커피가 몸에 해롭지 않고 유익함도 있다는 사실이 널리 알려지면서 일부 나이 든 세대에서도 자주 방문하여 쓰디쓴 아메리카노를 즐겨 마시기도 한다.

이곳 '커피 쏘울'의 아메리카노 애호가인 은퇴한 교장 선생님, 그리고 그의 친구분들, 또 이 도시를 대표하는 유명인사, 모 대학의 총장님, 그리고 그들의 절친한 친구를 만나 수다를 떠는 젊은 주부들의 모임에 이르기까지 아메리카노는 인기 품목으로 자리 잡았고, 이들에게 아메리카노의 진가는 그 무엇과도 비교할 수 없을 것이다.

내가 교직에 몸담고 있을 당시 같은 학교의 교장 선생님으로 재직하셨던 그분은 '커피 쏘울' 오픈 당시 축하선물로 시계를 걸어 주셨다. 아마도 유익하고 즐거운 시간을 보내라는 의미라고나 할까?

나이가 드셨음에도 항상 풋풋함으로 솔직 담백하게 자신의 의사를 표현하시고 격려를 아끼지 않으시는 분이시다. 지금은 은퇴하고 대학에서 중국 학생들을 위한 우리말 강의를 하신다고 하며, 농사짓는 재미에도 빠지셨다고 한다.

어느 때는 직접 농사지어 수확한 것을 나누어 주고 싶다며, 묵직한 파 한 단을 가지고 오셔서 기쁜 마음으로 건네주셨는데 그때의 생생한 기억은 잊을 수 없다.

교장 선생님은 동기 모임이라든가 친구들과의 만남이 있으면 식사를 마친 후 이곳에 즐겨 오셔서 대화를 나누며 끈끈한 친분을 쌓아 갔다. 언젠가 같이 만나서 잘 지냈던 친구가 갑자기 백혈병으로 돌아가셨다고 한동안 몹시도 슬퍼하며 괴로워했던 모습을 본 기억도 생생하다.

어찌 보면 누구나 겪는 그런 일임에도 누군가 세상을 떠난다는 것은 무척이나 슬픈 일임이 분명하다. 우리는 내일을 모르기에 오늘 이 순간 최선을 다해 살아야 한다. 어떤 만남에서도 늘 서로에

게 행복감을 가져다줄 수 있는, 그런 기쁜 만남으로 이끄는 노력을
아끼지 말아야겠다는 생각을 다시금 해보게 되었다.

어린 학생 그녀의 엄마
그리고 힐링에 대하여

    이곳 교육대학을 졸업하고 지금은 부여 근처의 초등학교에서 교편을 잡고 있는 학생이 그녀의 엄마와 함께 이곳 '커피 쏘울'에 들렀다. 팔월 말 즈음에….

    그녀는 이곳 교육대학에 다닐 때 이곳을 무척이나 즐겨 찾았었다. 카페모카, 화이트모카, 아메리카노 커피의 여러 종류를 사랑하는 커피 애호가였다.

    그녀는 한가로운 날에는 자전거를 타고 이곳 금학동에서 제민천을 따라 공산성까지 자전거 완주를 즐기며 들에 핀 예쁜 꽃을 선사하기도 하고 자신이 직접 찍은 멋진 사진을 가져다주기도 했다.

    난 그녀가 준 사진을 보며 그림도 그리고 칼라믹스 작품도 만들었던 기억은, 지금까지도 크나큰 행복감으로 나를 미소 짓게 한다. 그리고 이곳 '커피 쏘울'의 마크를 새긴 하얀 지점토 위에 커피 한

잔의 여유로움을 표현하는 그녀의 작품은 케이크 쇼케이스 위에 예쁘게 장식되어 있다.

자연을 사랑하고 유달리 미술에 뛰어난 감수성을 지닌 그녀는 가끔 카카오 스토리에 자신의 소묘 및 크로키 작품을 올리기도 한다. 정말 예술을 사랑하고 자연을 사랑하는 그녀를 보며 그녀의 그러한 면이 부럽다고나 할까. 자연과 예술 그리고 다양한 독서를 즐기는 아름다운 내면의 세계가….

〈아련 학생의 크로키 작품〉

또한 그녀 엄마는 교회 속회모임이 끝나면 부여에서 속회 식구들을 데리고 이곳에 와서 딸기 스무디 및 카페모카 케이크 및 아메리카노 등을 즐겨 마시며 그곳 사람들에게 이곳을 소개하기도 했다. 그렇게 함께 왔던 사람 중 일부는 또 가족을 데리고 와서 이곳에서 즐겁고 편안한 시간을 누리며 행복해하기도 하였다.

요즈음 힐링(Healing)이라는 말을 자주 사용한다. 그것은 어떻게 보면 나 자신과의 정서 공유 혹은 타인과의 정서공유를 통해 행복감을 느끼는 것이 아닐까 한다. 어저껜 아침 일찍 체육관에 가서 여러 가지 운동기구를 통하여 근력 운동을 했다. 요즈음 딸이 심한 피부 트러블 때문에 혹심한 치료를 받고 있다. 그런 아이를 돌보아야 해서 상당 기간 운동을 할 수가 없었다.

어제 체육관을 찾은 것은 정말이지 3주라는 기나긴 시간을 지나 처음 하는 운동이었다. 그래서 이곳 '커피 쏘울'에 돌아와 일을 할 때는 정말이지 너무나 피로해서 조금 짜증이 나는 상황이었다.

그런데 얼마 전 발라드 여러 곡을 모아 카페에 어울리게 잔잔한 분위기로 전환하고자 CD 목록을 음반 가게에 맡겨 제작했다. 여러 곡이 들어간 그 CD 음악을 들으니 내 몸의 피로는 자연스럽게 회복되어 가고 있었다.

이승철의 「My Love」라는 곡은 어떻게 보면 분위기는 이별의 장면을 묘사한 것인데도 그 음률은 굉장히 밝다.

"햇살이 밝은 아침보다 밤의 달빛이 어울려요/ 이별의 입맞춤 잠시 접어 둔 채/ 이대로 이렇게 힘껏 안아줄게/ 그리고 말할게/ 또 한 번 힘껏 외치면서/ My Love.

나도 모르게 흥얼흥얼 따라 하게 되는 이승철의 「My Love」는 우리 가족 모두 근래에 들어 좋아하는 최신곡이 되었다.
그리고 또 다른 곡이 있다.

"난 행복합니다/ 내 소중한 사람 그대가 있어 세상이 더 아름답죠/ 난 행복합니다/ 그대를 만난 건 이 세상이 나에게 준 선물인 거죠/ 나의 사랑 당신을 사랑합니다."

이제훈의 「사랑합니다」를 들으며 피로했던 나의 몸은 아름다운 곡과 함께 자연스럽게 힐링(Healing)이 되고 있었다.
그리고 아련 학생의 크로키를 통하여….
힐링은 사람에 따라서 다르게 나타나기도 한다.
이곳에 가끔 오는 유아용 옷가게를 한다는 젊은 부부와 초롱초

롱한 눈빛을 가진 은총이, 그들은 말한다. 이곳에 오기만 해도 힐링이 된다고.

아이들의 할머니인 시어머니께서 아침에 아이들을 보고 싶다고 잠시 집에 들르셨다. 아이들과 이야기를 나누고 음식을 나누어 먹는 과정에서 아이들의 할머니인 나의 시어머니께서는 따뜻한 힐링이 이루어지고….

두세 명의 중년 주부들이 수다를 떨고 있다. 그들은 명품가방이 몇 개이고 또 올겨울에 밍크 무스탕을 입고 싶다고도 하며 조금 싸게 살 방법을 알려주기도 하며 서로 정보를 교환한다. 그러면서 이런 저런 얘기를 나누는 가운데 집에 있는 것보다 카페에 나와 이야기도 나누니 재미도 있고 즐거워졌다고 말한다.

이렇듯 힐링의 과정은 다양하게 이뤄진다. 우선 자신의 삶이 즐거워야 다른 사람과의 소통이 원만하게 이뤄지면서 정서를 공유할 수 있고, 그래야 막힌 수도관이 뚫린다고 한 유명한 심리학자의 말이 생각난다.

당신이 함께 있어 세상이 아름다운 것처럼 '커피 쏘울'에서 사람들의 만남이 더욱 아름다워지고 행복하기를 바라며 소중한 만남이 되길 기도해본다.

곰돌이 푸를 닮은 사람

어느 늦은 저녁 시간, 푸근한 인상이 느껴지는 중년, 곰돌이 푸를 닮은 한 사람이 주변 친구를 데리고 나타나서 말한다. 이곳이 마치 등대와 같다고.

나는 골똘히 등대의 의미를 생각해보았다. 멀리 까마득히 보이는 수평선 그곳에 불이 켜져 있을 때의 희망…. 그는 말한다. 이곳에 불이 켜져 있을 때 기쁨을 안고 이곳에 온다고.

말 한마디는 우리에게 기쁨이 되기도 하고 때로는 상처가 되기도 하며, 서로 정서공유가 안 되어 말이 오해를 불러일으키며 상대방에게 화를 낼 때도 있다.

비호감 결정은 3초 안에 결정된다고 한다. 그러므로 말을 할 때 될 수 있으면 입꼬리를 올리고 환하게 웃으며 하는 게 좋다.

긍정의 힘은 우리를 어둠에서 밝음으로 인도하기도 한다. 그리고 낙심해서 좌절할 때에도 격려를 통하여 우리를 늘 새로워지게 한다.

딸 친구 주연이와 그녀의 엄마

어슴푸레한 저녁 시간, 긴 생머리의 하얀 피부 호수같이 맑은 눈을 가진 딸 친구인 주연이가 이곳 '커피 쏘울'에 들어선다. 그녀는 내 딸의 중학교 친구로 외고를 졸업하고 미국의 미네소타 주립대에서 커뮤니케이션을 전공하고 있다.

방학 기간이라서 한국에 나와 잠시 이곳 근처 자기 집에서 머무르다 내일 미국으로 돌아간다고 한다. 이곳 '커피 쏘울'에서 작별인사를 나누고자 찾아온 딸의 친구 주연이, 딸이 요즈음 심한 피부 트러블 때문에 그녀를 자주 만날 수 없어서 그녀는 딸을 향한 그리운 마음으로 이곳에 찾아온 것이다.

대부분 대학이 방학을 끝내고 이제 개강을 해서 학생들은 분주하게 보내는데 내 딸은 여러 날을 피부 치료를 받으며 혹심한 시간을 보내야 할는지도 모른다.

그래서 어저껜 다음날 수업, 강의를 하시는 교수님께 2주 정도 학교에 가기가 어렵다고 이메일을 보낼 준비를 해야 했다.

딸의 피부치료 과정은 굉장히 복잡하다. 아침엔 찜질방에 가서 4시간가량 온찜질을 통하여 땀을 배출하여 독소를 빼는 과정을 거쳐야 한다. 그리고 집에서는 뜨거운 물, 차가운 물을 반복하여 여러 번 얼굴을 씻어내야 한다. 그러한 냉·온찜질이 끝난 후 우방자라는 식물로 소독해야 하는 과정이 남아 있다.

시간은 계속 지나가고 영어 원어민 교수님께 이메일을 보내야 하는 데 많은 걱정이 뒤따랐다. 우리말도 아닌 영어로 심한 피부 질환을 설명해야 한다는 것이….

딸아이는 문득 주연이가 떠올라 부탁을 했다. 흔쾌히 그녀는 지루성 피부염이라는 것을 사전에서 찾아 정성스럽게 영어 원어민 교수님께 이메일을 보냈다. 딸아이는 미국에서 공부하는 친구 덕을 본다고 기뻐했다. 그리고 영어공부를 더욱 열심히 해야겠다고 다짐을 했다. 그러한 친구를 만나 자극을 받고 변화되어 가는 딸의 모습을 보니 흐뭇했다. 이런 저런 얘기를 나누는 가운데 자연스레 그녀의 엄마도 우리의 만남에 동참하게 되었다.

초콜릿의 달콤함이 느껴지는 쇼콜라 케이크와 딸이 직접 만든 아이스티를 그녀 엄마에게 대접하며 '커피 쏘울'의 늦은 밤은 그렇게 지나가고 있었다.

아이들의 만남이 부모들 간에도 좋은 교제와 만남으로 이어지는 이곳 '커피 쏘울'. 서로 아이들 격려와 밝은 미래에 관해 이야기를 주고받는 것이 얼마나 기쁜 것인가를 다시금 확인하게 하는 그런 장소 '커피 쏘울'.

이런 '커피 쏘울'이 존재하여 사람들 간에 소통의 연결고리가 되고, 만남과 화해의 장소로 사람들에게도 사랑받는 그런 '커피 쏘울'이길 기대해본다.

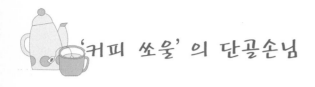

'커피 쏘울'의 단골손님

얼마 전까지만 해도 무더위와의 싸움에 몸이 많이 지치고 피곤했는데, 오늘은 선선한 날씨 덕분에 조금 여유로운 시간을 보낼 수 있어 행복한 밤이다. 바깥 정원이 보이는 테라스에서의 늦은 여름밤, 시원한 바람과의 만남은 더욱 나를 감미롭게 만들어 조용한 행복감으로 이끌고 있었다.

이곳 '커피 쏘울'엔 방학을 제외하고 나머지 학기 중엔 이곳을 자신의 집처럼 여기고 찾아오는 단골손님들이 있다. 이곳 교육대학에서 미술을 전공하고 있는 서너 명의 여학생들, 11월에 있을 임용고시 시험을 준비하느라 그들은 바쁜 그들만의 시간표 안에서 짜인 공부를 하느라 여념이 없다. 어떻게 보면 너무나 익숙해진 그들의 일상과 나의 일상은 조금은 닮았는지도 모른다.

매일 같은 책을 반복하여 보면서 매일매일을 보내는 그들은 최신유행의 패션도 따르지 아니하며 털털하고 수수하게 자신의 미래를 향해 하루하루의 삶을 가꾸어 나가고 있다.

하루의 일과 중에서도 이곳을 쉼터이자 놀이터로 생각하는 그들과 가끔 옥수수도 나누어 먹고 이루마의 잔잔한 피아노곡을 들으며 신간 독서에 심취하기도 한다. 그들 중 한 명의 학생은 아메리카노 한잔을 마시는 것이 부족해 또 한 잔의 아메리카노를 마시며 여유를 즐긴다.

또한, 그들은 가끔 음악을 듣다가 좋은 음악이 나오면 곡의 이름을 묻기도 한다. 이루마의 「River flows in you」를 들으며 그들과 함께한 시간, 아마 이들은 가장 오랜 기간 지속해서 이곳 '커피 쏘울'을 즐겨 찾는 단골손님이라고 볼 수 있다. 그들이 입학한 후 지금은 4학년이 되었으니….

나는 소망한다.

'커피 쏘울'이 사람들의 마음을 편안하고 행복하게 만드는 그런 그들만의 다락방 같은 아늑함이 있는 장소이길. 또 사람들의 닫힌 마음이 이곳에 와서 따뜻한 봄날처럼 포근하게 열리며 끝없는 꿈을 꾸는 장소로 이어지길.

비 오는 날의 '커피 쏘울'

　'커피 쏘울'의 비 오는 풍경은 조용한 침묵의 바다처럼 느껴진다. 한 방울 한 방울 떨어지는 빗소리를 들으며 조용한 시간의 흐름에 자신을 맡길 때, 복잡한 심경은 어느덧 감정의 실타래가 정돈되면서 치유와 회복의 역사가 일어난다고나 할까…?

　처음 이곳을 찾는 엄마와 딸의 들릴 듯 말 듯한 조용한 대화, 그들은 빗소리의 잔잔함과 같이 이곳 '커피 쏘울'에서 진한 우정을 나누는 친구처럼 행복한 동화의 그림을 그리고 있었다. 누군가 말했다. 비가 오는 날엔 커피 향기가 더욱 진동을 해 커피가 마시고 싶어진다고….

　커피 원두를 사러오는 몇몇 커피마니아가 있다. 그들 중 한 사람이 비 오는 풍경이 아름다운 오늘, 커피에 대한 그리움에 이곳 '커피 쏘울'을 다시 찾아와 커피 원두를 사 가지고 유유히 비와 함께 이곳을 떠났다.

늦은 밤 이곳의 오렌지빛 조명은 멀리에서도 이곳을 환하게 밝히면서 주변까지도 은은한 빛깔로 물들여 석양빛의 하늘로 만들어 놓는다. 시시때때로 달라지는 주변의 느낌. 날씨 기분 상대에 따라 달라지는 각양각색의 모습은 '커피 쏘울'만의 분위기를 한껏 더 운치 있게 이끌어 가는지도 모른다.

〈비 오는 날의 '커피 쏘울' 전경〉

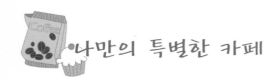

나만의 특별한 카페

　카페는 조금만 신경을 안 쓰면 여기저기 군데군데 먼지도 쌓이고 지저분하게 보여 사람들로 하여금 유쾌하지 않은 인상을 줄 수 있다.

　오늘은 일주일의 휴식처럼 느껴지는 토요일, 마음을 한가하고 여유롭게 가지려고 주변의 아는 사람과 점심을 먹었다.

　그리고 다른 커피숍에 가서 따뜻한 아메리카노도 한잔 마셨다. 그럭저럭 커피 맛은 괜찮다고 느꼈다. 그러나 커피숍의 분위기는 식당 안의 내부처럼 느껴지며 의자는 분식 가게에서 사용하는 것들로 좀 무언가 매치가 안 되는 분위기라고 할까…? 왜 사람들이

이곳 '커피 쏘울'에 들어설 때 '와우 예쁘다'를 외치는지 이제야 알 것 같다.

그리고 점심과 아메리카노의 여유를 즐기고 돌아왔을 때 소풍을 다녀온 느낌 혹은 편안한 기분전환의 한때를 향유한 것에 기쁨을 감출 수가 없었다. 그러면서 이곳 '커피 쏘울'의 소중함을 다시 한번 느껴보는 계기가 되었다.

휴식의 소풍에서 돌아온 나는 주변에 여러 종류의 소품이 즐비하게 놓여있는 것에 환기를 시키고 분위기를 바꾸어 보고자 했다. 오후 시간을 천천히 꽃들의 조화를 생각하며 같은 종류의 것들로 모아 바구니에 담아 보기도 했다. 그리고 책의 배치 및 작은 소품, 그림 액자 등을 위치에 맞게 배열을 했다. 얼마 전에 아는 분이 가져다준 꽈리는 여러 군데 곳곳에 장식을 하며 가을 분위기를 한껏 살려 보기도 했다.

한가롭고 여유로운 토요일 오후, 녹색의 배경에 꽈리의 주황빛 보색을 사용하여 '커피 쏘울'만의 특별한 분위기를 연출하며 오늘도 행복감에 빠져본다.

햇살 가득한 구월의 오후

햇살이 비치는 '커피 쏘울'은 더욱 아름다운 정취를 자아낸다. 구월의 파아란 하늘 햇살 아래 독서에 전념하는 자신을 발견하며 유리창의 전면을 통한 안쪽의 풍경은 너무도 평온한 하루의 일상을 보여준다.

조용히 책장을 넘기는 두 여대생은 일주일에 일요일은 이곳 커피 쏘울에 와서 오후 시간에 독서를 하며 그들만의 향기로운 시간을 보낸다. 바깥세상은 경쟁이 치열하여 어찌 보면 전쟁터처럼 느껴질 때가 있지만, 이곳 '커피 쏘울'은 은둔생활을 하는 것처럼 여겨질 때가 종종 있다.

안에서 밖을 내다볼 때에는 사람들의 다양한 모습을 보는 것 같지만, 종종 나 자신은 안에서 홀로 보내는 시간이 많다. 그래서 하루의 짜인 시간 안에 해야 하는 일은 가능한 최우선 순위로 두어 마무리를 짓고자 노력한다.

사람들은 어떻게 보면 자신보다는 다른 사람들을 더 많이 바라보는 것 같이 느껴져서 안타까울 때가 있다.

서로 격려하고 더 가까울 수도 있을 텐데 서로 경쟁을 하기 때문에 거리가 더 멀게 느껴진다.

나는 생각한다. 사람들과의 경쟁이 아닌 나 자신의 발전과 성장을 먼저 들여다보아야 한다고. 어제보다 오늘의 내가 더 나아지고 있고 더 밝은 내일이 있으면 무엇을 더 욕심낼 필요가 있겠는가?

오늘도 내가 감사해야 할 이유가 있기 때문에 행복하다.

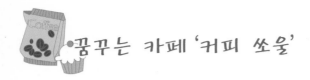

꿈꾸는 카페 '커피 쏘울'

하루하루가 같은 것처럼 느껴지지만, 어제의 상황과 오늘의 만나는 사람, 느끼는 감정, 몸의 컨디션, 일을 받아들이는 자세 등은 늘 시시각각 다르게 마련이다.

가끔 나이가 지긋이 든 여선생님들은 이곳에 와서 말한다. 연금을 타면 그만두고 이런 커피숍을 하고 싶다고. 하지만 그동안 이십여 년 가까이해온 일들에 대한 익숙함과 무언가 새로운 일을 시작하는 두려움 때문에 그들은 발걸음을 옮기지 못하고 "참 용기가 있으시네요." 하면서 멋쩍게 웃으며 이곳을 떠난다.

막연하게 꿈을 꾸어왔던 카페를 하고 싶다는 간절한 희망은 단호한 용기 끝에 이루어졌지만, 카페를 운영하는 일은 결코 쉬운 일만은 아니다. 카페 시작은 이 지역에 커피숍이 전혀 없는 상태에서 처음 이곳 근처 미용실에 머리 손질을 하러 왔다가 이곳 카페 앞의 멋진 정원에 반해 한번 커피숍을 운영해볼까 하는 호기심에 출발했다. 그렇게 내가 맨 먼저 카페를 시작하고 이제 이 근처에는 네 군데가 되는 카페가 우후죽순으로 나타났다. 그야말로 원조카페라고나 할까…?

커피의 애호가들은 이곳저곳 카페를 돌아다니며 맛을 보기도 한다. 또한, 커피를 배울 때 카페투어라고 해서 근처의 특색있고 멋진 카페를 탐방하기도 한다. 카페투어를 통하여 자신이 하고 싶은 카페의 콘셉트를 잡아 이름도 붙여 보고 했던 기억은 너무나 소중하게 남아 있다.

커피향기를 생각하며 'Fragrance'라는 이름을 지었는데 조금은 사람들에게 다가가기가 쉽지 않을 거 같아 'Coffee Soul'로 이름을 붙였다. 오픈 당시 사람들은 그 이름에 대하여 궁금해하였다. 이곳에 와서 사람들의 마음이 치유가 되는 그리고 모든 메뉴를 나의 정성과 마음을 담아 만들어내는 카페를 꿈꾸어 왔기에 이러한 이름을 붙였다고 설명을 했다.

사람들은 원형을 따라 돌다 제자리로 돌아오는 것처럼 이곳저곳의 커피를 맛보다가 결국엔 다시 돌아와서 이곳에 발을 붙이는 경우를 종종 본다. 그럴 땐 내가 알고 있는 주위에 친척을 만난 것처럼 기쁘기도 하고 흐뭇하기도 하다.

그리고 이곳이 편안하고 조용해서 자주 찾아오는 긴 생머리의 여대생과 공부를 하고 있는 여고생은 이웃집 혹은 가까운 친척처럼 너무 익숙하다.

내가 꿈꾸었던 카페, 이곳에 찾아오는 모두가 오늘 밤도 Sweet dream이길 기도해 본다.

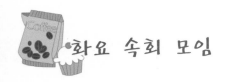

화요 속회 모임

매주 화요일에는 속회 모임으로 교회의 속도원들이 이곳 '커피쏘울'에 모인다. 한 주간 목사님의 설교 및 자신과 주변의 이야기를 솔직하게 털어놓고 의견을 나누기도 한다.

교회라는 공동체를 통하여 맺어진 울타리 안에 있지만, 서로 다른 상황, 가치관 때문에 오랜 시간 다져진 각자의 생각은 그 차이가 엄청나게 크다는 것을 새삼 깨닫게 된다. 무엇이 옳고 그르냐를 떠나 생각의 차이가 크다면, 어떤 경우 대화의 주제에서 벗어나 왜곡된 견해를 말하더라도, 이에 맞대응해서 설명하려 하기보단 그냥 다른 생각, 다른 사람이 공존한다는 것을 우선 받아들여야 하는 게 우선이다.

크리스천의 삶에 있어서 모임의 공동체이건 가족, 혹은 개인이라도 그 중심에 예수님이 자리 잡아야 하는 데 어떤 경우 중심이 바뀔 때가 있다. 그런 경우 가끔 허탈감을 느낄 때가 있다. 어떤 책에서 본 기억이 난다. "지식은 말하려 하지만 지혜는 들으려 한다고…."

그렇듯 나도 상대방의 이야기를 가능하면 들으려 노력을 하지만 중간중간에 자기주장을 피력하다 보면 적지 않게 의견 충돌이 일어난다. 사람과 사람이 공존한다는 것은 분명 쉬운 일은 아닐 것이다. 그렇지만 하나님은 협력하여 선을 이루라고 말씀하신다. 그리고 주변의 이웃을 내 몸과 같이 사랑하라고….

그게 그렇게 쉬운 일이냐고 반문을 하시는 목사님의 말씀이 생각난다. 그렇지만 이렇게 공동체의 모임을 만들었을 때 분명 이유가 있을 것이라는 생각을 해본다.

그렇다. 서로 사랑하라는 예수님의 지상 명령을 다시금 생각해 보기로 했다. 예수님이 이 땅에 오셔서 제자들과 모여 음식을 나누어 먹으며 교제를 통한 복음 전파에 힘쓰셨던 모습이 떠오르기 시작했다. 그것은 분명 한울타리 안에서 서로서로 사랑하라는 예수님의 간절한 바람일 것이라는 생각을 해본다.

제이슨 므라즈를 좋아하는 사람

카페는 문득 예상하지 않은 상황이 연출될 때도 있다. 오랜 시간 만나지 못했던 친구가 찾아온다거나 오랫동안 보지 못했던 이웃 사촌이 찾아와서 안부를 전하면 삶의 활기를 얻어 훨씬 더 유쾌한 기분으로 하루를 보낼 수 있게 된다.

이곳 근처의 아파트에 이사 온 지도 벌써 4년이라는 세월이 흘러갔다. 처음 이사를 와서 알게 된 이웃으로 두리라는 이름을 가진 한 사람이 '커피 쏘울'에 나타났다. 조용한 저녁 시간 아메리카노의 깊은 맛을 느끼며 그동안 안부 및 요즘 정황을 묻는다. 그리고 운동에 관련해서 좋은 점 및 필요한 이유를 말하고 같이 운동하자고 권유하기도 하며 서로에게 유익한 정보를 공유했다. 시간이 될 때 식사를 같이 하기로 하고 그녀는 이곳 '커피 쏘울'을 떠났다.

길에서 만난 젊은 사람들에게 어떤 음악을 듣고 싶으냐고 묻는

TV프로가 있었다. 제목이 정확히 기억이 나지는 않지만, 그 프로를 통해서 알게 된 '제이슨 므라즈'와 그의 음악 「I'm yours」를 듣는 순간, 따사로운 햇살처럼, 감미로운 카페라테 한잔을 마시는 것처럼, 혹은 부드럽고 달콤한 아이스크림을 먹고 난 후의 느낌처럼 몸이 반응했다고나 할까?

나 말고도 제이슨 므라즈를 좋아하는 다른 한 사람이 있었으니….

그녀의 휴대폰 카카오톡 메인 화면은 온통 제이슨 므라즈의 사진으로 가득할 정도다. 오늘은 제이슨 므라즈의 음악을 들으며 그와 함께 사랑에 빠져보기로 한다.

무엇이 나를 기쁘게 만드는가?

　이곳 '커피 쏘울' 안에는 나를 행복하게 만드는 많은 것이 있다. 친구와의 우정, 오랜 시간 맺어진 사람과의 관계에서 오는 친밀함, 정감있는 사람들을 만나는 감사함, 이른 아침 기대도 하지 않았는데 문득 가을의 소식을 전하는 Sarah의 메시지, 어찌 보면 Sarah도 이곳 '커피 쏘울'에서 만났으니까 이러한 것들은 무엇과도 비교할 수 없는 기쁨으로 다가와 나를 즐겁게 만드는 요소라고 할까?

　이곳 주위엔 초등학교가 하나 있는데 자주 이곳에 들르는 학부모들이 많이 있다. 남편의 제자들이었던 여학생들이 제법 나이가 들어 초등학교 아이들의 엄마가 되어 나타나기도 하고, 모임을 만들어 점심을 먹은 후 이곳의 단골 마니아로 등장하기도 한다.

　비즈공예의 재주를 가진 젊은 학부모는 주변의 다른 친구들에게 자신의 작품을 소개하면서 그들과 함께 머리핀 및 머리끈 등을 만든다. 단지 바라보는 사람이면서도 크나큰 성취감을 느낄 수 있게 하는 이곳 '커피 쏘울'의 매일매일 일상은, 비슷한 것 같으면서도 늘 다른 그림들이 펼쳐지는 무대와도 같다.

초등학교 학부모들은 볼 일이 있어 학교에 들르는 길에 이곳 '커피 쏘울'에서 만든 홈메이드 쿠키를 사 가지고 학교 선생님에게 드리는 경우도 종종 있다. 어떻게 보면 문화공간의 역할을 다하고 있는 것처럼 보이는 '커피 쏘울', 그래서 행복한 쏘울이다.

오늘은 결혼을 알리려 한 쌍의 부부가 될 두 젊은이가 방문했다. 오랫동안 보지 못한 터라 좀 서먹서먹할 거라고 생각을 했었다. 그러나 그들은 밝고 환한 얼굴로 10월 5일에 결혼을 한다고 올 수 있느냐는 안부를 전한다.

그들은 결혼할 수 있도록 첫 만남의 다리 역할을 해주어서 고맙다고 한다. 그들은 1만Km나 멀리 떨어져 있는 Ireland 사람과 한국 사람의 만남이다.

그들은 1,000일 동안 만남의 결실을 결혼 초대장에 담아 사랑의 메시지를 전한다. 그리고 오랫동안 함께 했던 우정의 편지와 더불어….

한국에 처음 왔을 때 여러 가지 어려움이 많았으나 잘 돌봐주어 감사하고 지나간 시간 행복했다고….

요즈음 사람들은 돈으로 모든 것을 살 수 있다고 생각을 한다. 그렇지만 나에게는 돈으로 살 수 없는 여러 가지의 것이 많이 있다. 사람과의 만남에 있어 소중한 가치는 어떠한 것으로 계산되지 않는다. 지나간 시간 속에서 접어둔 우정은 꽃가루처럼 향기가 되어 멀리 날아가서도 꽃을 피운다.

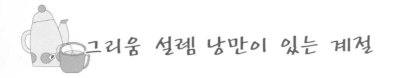

그리움 설렘 낭만이 있는 계절

그리움, 설렘, 낭만이 있는 계절 가을이 찾아왔다.

아침저녁으로 쌀쌀함이 느껴지는 계절, 초가집 지붕 위 빨간 고추들이 펼쳐진 햇살 가득한 풍요로운 풍경, 단풍잎 가득한 가을의 오후는 찬란한 색채의 아름다움으로 가득하다.

그렇지만 가을이 나에게 주는 느낌은 왜인지 모를 허전함, 내면으로 파고드는 외로움이 있다. 요즈음 대부분 사람은 연속되는 바쁜 일상으로 낭만이라든가 추억 그리움 등을 잊고 사는 것 같다. 얼마 전까지만 해도 난 찬바람이 불면 마음 한편에 쓸쓸해져 오는 외로움에 스스로 견디기 힘들었던 시간이 있었던 것 같다. 어떤 이유도 없이….

계절의 문턱에서 느껴지는 설렘과 낭만이 있는 계절 가을, 나이가 들어감에 잊혔던 그리움의 단어들을 떠올리며 이 계절을 맞이

하고자 한다. 한창 기승을 부리던 무더위가 꺾이고 계절의 깊이가 더해가는 가을, 이곳 '커피 쏘울'엔 처음 보는 삼십 대 주부들의 모임으로 분위기가 조용함에서 왁자지껄 발랄함으로 전환되는 느낌이다. 사십 대 주부들은 좀 더 성숙함이 묻어나는 발걸음으로 찾아들고 잔잔한 대화로 무르익어 '커피 쏘울'에서의 화기애애한 분위기를 만들어 간다. 여전히 과외를 하는 차분한 성격의 남학생은 추석 명절이 지난 일요일에 커피숍이 오픈을 하는지 궁금해한다.

매일매일 바뀌는 사람들을 대하면서 커피숍 오픈 초기에는 적응하기가 쉽지 않았던 경험도 있었다. 같은 시간 많은 사람이 와서 각기 다른 다양한 메뉴를 주문하면 심장이 터져나갈 것 같은 초조, 불안감은 무어라 표현할 수가 없었다. 이젠 많은 사람이 와서 주문을 하더라도 능숙하게 처리한다. 대화하는 데도 이제 자유롭고 편안하다. 이 모든 것이 그간 커피숍에서의 경험을 통하여 성숙해졌을 것이고 이런 나의 모습이 대견하기만 하다.

누군가는 말한다. 선택의 자유에 있어 자신이 선택한 것은 어찌 됐든 재미있고 열심히 할 수밖에 없다고, 그래서 내적인 동기가 일어나는 것이라고….

'커피 쏘울'에서 만났던 사람들이 이 깊은 계절 가을에 이곳을 더욱 그리워하며 이곳으로 발걸음을 옮겼으면 좋겠다. 그래서 이

가을을 설레는 마음으로 맞으면서 가을의 풍성함을 나누기도 하고, 서로의 소식을 전하는 만남의 장소인 '커피 쏘울'에서 이 뜻깊은 계절 가을을 장식했으면 좋겠다

　언제였는지 자세히 기억이 나지는 않지만 초등학교 3~4학년 때였던 것 같다.

　미술 시간 자유 주제로 그림을 그리게 되었는데 난 즐거운 미술 시간이라는 제목과 함께 동아리를 지어 실험을 하는 모습을 담아 그려 보았었다. 수업이 끝난 후 선생님께서는 나의 그림을 학년 교실의 벽면 중앙에 걸어 놓으셨다.

　그때까지만 해도 난 내가 그림을 잘 그리는지 알지 못했고, 내가 그려 놓은 그림에 대해서도 자신감이 없었다. 그런데 선생님을 통하여 나의 그림 그리는 실력을 인정받았다고나 할까, 시간이 지난 후 가만히 생각해 보면 그때 선생님께서 동기 부여를 잘해 주신 것 같아 감사하기만 하다.

　고등학교에 들어간 후 나는 나의 진로에 대하여 한참을 생각해

보았다. 무엇을 해야 하나, 내가 잘하는 것은 무엇인가를 생각하며, 나는 그동안 나의 잠재된 능력인 미술을 선택하여 고등학교 삼 년의 시간을 주로 그림을 그리는 일로 보내게 되었다.

고등학교 3학년 즈음 화실선생님께서 얼마 있지 않아 독일로 유학을 가신다는 소식을 전해 들었었다. 훌륭한 선생님께서 떠나신다는 아쉬움에 이른 새벽 시간 네 시에 눈을 떠 새벽공기를 마시며 화실에 가던 나의 모습은, 자신이 선택한 길을 향해 최선을 다해 나아가면서도 소박한 즐거움이 맛보는 시간이 아니었을까 하며 다시금 생각하게 된다. 학교에 가지 않는 일요일엔 화실에 나가 일고 여덟 시간을 가만히 움직이지도 않으며 아그리파 및 소묘에 심취해 있었던 자신을 생각해보았다.

누가 산에 오르라고 하면 그 높은 산꼭대기를 올라갈 수 있겠는가? 자신이 선택한 일이니 최선을 다하고 열심히 할 수밖에 없다. 열정이 있어 재미있을 수밖에 없다고 누군가는 말한다.

이렇게 이어지는 나의 미술을 향한 재미와 열정의 확산은 나를 미술교사로 이끌었고 교사를 하면서도 단지 가르치는 것만이 아닌 늘 그림을 향한 나의 정체성 문제를 생각하지 않을 수 없었다. 그러면서 교사들이 참여하는 미술작품 전시회에서 여러 해를 거듭하여 최고상을 수상하기도 하였다.

또한 그러면서 잠시도 안주하며 쉬는 것이 싫어 공부를 계속하고 사람들과의 소통이 더욱 필요한 것 같아 대학원에 가서 정체성 확립 및 미술 분야의 이론, 그림 그리기에 힘썼던 기억이 있다.

생각하면 지금 당신이 하는 일이 그것과 무슨 상관이 있느냐고 물을 수도 있다. 그렇지만 내가 택한 미술 분야에서 탁월성을 발휘하였던 기억은 나에게 신선한 자부심으로 나를 지탱하게 하는 힘이 되기도 한다.

그 후 그리움과 하고자 하는 열정에 이끌려 다시 선택하게 된 커피숍, 시작은 두려움도 있었을 것이다. 새로운 도전은 늘 용기가 필요하다. 어떤 상황에서 두려워하지 않는 것이 용기가 아니라 두려워도 계속하는 것이 용기라고 한다.

하고자 하는 열정 때문에 선택한 나의 일은 소중한 책임감이 늘 따른다. 한 개인이 하고자 하는 일이 있다면 자신이 선택을 해야 재미있고 오래 할 수 있다고 한 심리학자의 말이 생각이 난다. 그래야 자신이 삶이 풍족해진다는 것도 알고 있다.

근본적으로 삶과 죽음의 문제에서 인간의 삶은 제한되어 있다. 살아가면서 자신이 선택하는 일들은 그리 많은 것 같지는 않다. 일반 사람들의 직업이나 살아가는 양상을 살펴보면 자신의 꿈이나 이상을 좇아 선택하기보다는 삶의 안정 및 노후의 편익 등을 생각하며 보편적으로 직업을 선택하고 살아가는 경우를 자주 본다.

안주하는 삶이 꼭 나쁘다고는 할 수 없지만 은퇴를 한다든가 더 나이가 들면 많은 사람이 이러한 삶을 뒤돌아보며 아쉬움에 젖거나 후회를 한다.

그렇다. 자신이 하는 일이 겉보기에 그리 화려하지는 않지만 스스로 그 일에 자부심이 있다면 행복한 것이다. 그리고 최선의 선택을 한 것이다. 우리는 매 순간 이렇게 선택을 하며 살아가고 있다.

사람들과의 만남에 있어서 어떠한 태도를 보이는가, 일을 받아들이는 나의 자세는 어떠한가, 그리고 자신이 선택한 것이든 하지 않은 것이든 주어진 상황에서 최고의 선택을 하고 있는지 나는 스스로 묻곤 한다.

우리가 살아가는 삶은 어떻게 보면 그리 쉬운 것만은 아님이 틀림없다. 그렇지만 삶의 현장에서 매 순간 긍정적인 태도를 보이는 것은 나 자신의 선택 문제이고 긍정적인 자아상을 만들어가는 발판이라고 해야 할까? 그리고 매 순간 최선을 향한 나의 선택은 끝나지 않을 것이다.

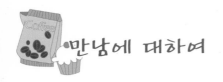

만남에 대하여

 아직 가을이 오진 않았지만 '커피 쏘울' 앞의 은행나무들은 자신들의 결실인 노란색의 은행 알갱이를 거리 위에 쏟아 놓는다. 조금 시간이 지나면 노오란 은행 알갱이와 더불어 은행잎의 행렬이 시작될 것이다. 은행잎의 행렬은 무척이나 찬란하고 아름다울 것이 분명한데 결실을 맺은 은행 알갱이들의 행렬은 지독하리만큼 고약한 냄새를 풍긴다.

 어저껜 추석 명절 연휴로 학생들이 많이 보이지 않는다. 추석 명절 끝날의 오후 시간, 누군가 반갑게 이곳 '커피 쏘울'에 들어선다. "오늘 오픈하신 거 맞죠?" 하며.

 토요일 혹은 일요일 오후 시간 이곳 '커피 쏘울'을 찾아오는 수수한 차림에 아직도 학생처럼 보이는 초등학교 교사인 단골손님이다. 그녀는 교육대학을 졸업했으며 이곳 '커피 쏘울'의 시작과 더불

어 만난 인연이다. 이제 초등학교 교사가 되어 활기차고 분주하게
시간을 보내고 있지만 주말 오후엔 이곳에 들른다.

그녀는 골든 카모마일 허브티를 주문하며 교재연구 및 보고서
를 준비하느라 여념이 없다. 뒤이어 그녀의 남자친구가 와서 뉴욕
크림치즈 케익과 딸기 스무디를 주문한다. 그들은 자신이 가르치
는 아이들에 관한 관심으로 아이들을 향한 수업준비를 하느라 바
쁘게 시간을 보내고 있다.

요즈음 이곳에 계속해서 찾아오는 내 나이 또래의 가정주부가
있다. 그녀는 커피 바리스타 자격증도 있고 요즘은 꽃꽂이를 배우
지만 커피에 대한 그리움과 향수가 남아 다시 커피를 배운다고 한
다. 다음에 오면 자신의 커피는 직접 탬핑을 하고 18초에서 23초
안에 똑똑 떨어지는 가장 최상의 맛있는 커피를 만들어 보고 싶다
고 말한다. 나는 흔쾌히 오케이 하며 만남에 대해서 다시 한번 생
각해 보았다.

만남은 우리 삶이 끝날 때까지 우리를 맞이해 주는 기쁨과도 같
은 것이 아닐까, 또한 새로운 만남은 새로운 기대감을 가져다주는
밝고 환한 햇빛과도 같은 에너지를 발산하는지도 모른다.

또한 이곳 '커피 쏘울'은 한적한 저녁 시간 연인들이 길을 걷다
가던 길을 멈추고, 오렌지빛 조명에 이끌리어 모여들면서 여러 팀

이 둥지를 지어 있는 모습을 발견할 수 있다. 그들은 음악과 친구 이야기를 나누고 무엇인지 모를 그들만의 속삭임으로 느리고 평온한 시간을 이끌어 간다.

그들과 함께 시간을 보내는 동안 나마저 이 세상의 걱정이나 근심은 모두 사라져버린 듯하다.

Just do it

　키에르케고르는 말했다. "절망은 죽음에 이르는 병이다."라고.

　절망은 자신에게도 다른 사람에게도 깊은 상실감을 안겨다 준다. 그러나 죽음에 이르는 병일지라도 성경에서는 예수님의 복음을 통하여 죽어 있던 나사로조차도 다시 살려내는 생명력을 부여한다.

　오늘은 이른 아침 예배에 참석하여 목사님의 설교를 들었다. 어떤 사람이 먼 나라로 떠나며 자기 종들에게 재능대로 각각 5달란트, 2달란트, 1달란트씩 나누어 주었다. 5달란트와 2달란트를 받은 종은 그것으로 열심히 장사하여 이익을 남겼다. 그러자 주인은 "착하고 충성된 종아 네가 작은 일에 충성하였으므로 내가 많은 것으로 너에게 맡기리니 네 주인의 즐거움에 참여할지어다."라고 칭찬을 하였다.

그러나 1달란트 받은 종은 그것을 땅에 묻어 두었다가 주인이 돌아왔을 때 그것을 돌려주며 "주인이여, 당신은 굳은 사람이라 심지 않은 데서 거두며, 해치지 않은 데서 모으는 줄을 내가 알았으므로, 두려워하여 나가서 당신의 달란트를 땅에 감추어 두었나이다."라고 말했다. 그는 과거 주인의 모습을 상상했기 때문에 미래에 대한 두려운 마음을 가지게 되었다. 즉 부정적인 상상력에 지배를 받았기 때문에 악하고 게으른 종이 되었던 것이다.

신앙생활은 부정적인 상상력을 긍정적인 상상력으로 변화시키는 것이다. 우리의 인격이 변화되고 생활이 변화되면 미래에 대한 상상력도 변화된다. 긍정적인 상상력을 가진 사람은 지금의 환경이 비록 힘들고 절망적이며 현재의 삶이 고통과 좌절과 실패의 연속인 것처럼 느껴질지라도 믿음을 갖고 생활하면 모든 것을 극복할 수 있다.

믿음을 가진 사람은 창조적으로 살아간다. 건설적으로 살아간다. 자기 나름대로 창조적으로 살아가는 사람이 착하고 충성스러운 종인 것이다.

목사님의 설교 내용은 악한 종과 착한 종의 차이를 구분 지으며, 세상에서의 긍정적인 가치관을 갖고 결실의 열매를 맺는 자가 하나님에게도 사랑받는다는 것이다.

세상이란 배에 몸을 맡기며 항해를 할 때 항상 똑같은 상황이나 잔잔한 물결만이 배를 이끌어가지는 않는다. 항해를 하는 도중에 폭풍우도 있고 사나운 물결도 넘실거리고 상어 떼와 같은 것도 도사리고 있을 수도 있다. 그렇지만 어떤 풍랑이 닥칠지라도 두려워하거나 좌절하지 말아야 한다. 믿음으로 굳건히 풍랑을 헤치며 나아가야 승리의 깃발을 날릴 것이기 때문이다.

그리고 꿈과 함께 도전하며 나아가는 아직도 진행형이기 때문에…. Just do it

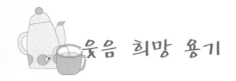

웃음 희망 용기

늦은 오후 키가 크고 덩치가 큰 청년이 이곳 '커피 쏘울'에 들어선다. 허브티의 종류인 Earl Grey를 주문하며 "정말로 살이 빠지고 스트레스가 줄어드나요?" 묻는다. 정말이지 웃음을 참을 수 없었다.

오랜만에 웃어 보는 거 같아 기분도 좋아지고 행복한 교감이 이루어지고 있어 하루를 유쾌하게 보내는 것 같았다.

유대인들은 웃음을 중시한다고 한다. 갖은 핍박 속에서도 그들은 농담을 주고받고 많이 웃었다고 한다. 웃고 나면 아무 일도 아닌 것처럼 용기가 생겨난다고 한다. 유대인들에게 있어 웃음은 강건너에서 자신을 지켜보는 여유라고 한다. 그냥 바쁘게 정신없이 길을 걷다 보면 주변의 산이나 계절이 바뀐 들의 풍경을 바라볼수가 없다.

웃음은 잠시 주위에 시선을 돌려 바라보면 더 넓어진 시야 등 가능성으로 모든 것을 화해시켜 하나가 되게 하는 기쁨의 활력소로 느껴진다. 이곳 '커피 쏘울'에도 자주 웃을 기회가 많아졌으면 하는 바람이다.

웃음과 더불어 우리를 행복하게 만들어 주는 비상 묘약이 있다. 이것은 우리가 죽을 때까지 붙잡고 가야 할 것인지도 모른다. 삶에 의욕이 상실되었을 때, 의심으로 생각이 혼란스러울 때, 혼자라는 외로움에 고통스러울 때, 우리는 희망이라는 끈을 잡고 세상에 나아가야 한다.

희망은 우리 안에서 자라는 나무와도 같다. 희망과 도전 용기는 우리의 삶을 지탱하게 하는 원동력인지 모른다. 신은 우리에게 절망이라는 단어를 허락했지만 오로지 인간만이 역경을 극복할 수 있는 힘을 가졌다고 한다.

나 자신은 세상을 변화시키진 못하지만 나 자신을 변화시킬 수는 있다. 나 자신이 변화됨으로 세상은 바뀔 수가 있다. 행동하지 않는 똑똑한 사람보다 행동하는 평범한 사람이 되는 것이 나의 바람이다. 거기엔 용감한 도전이 따르니까….

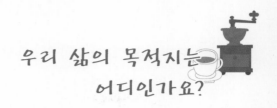

어슴푸레한 저녁 시간, 날씨는 제법 쌀쌀하기만 하다. 오늘은 이 곳 '커피 쏘울' 오픈 당시 자주 이곳에 들러 학생들과 대화를 많이 나누던 모 대학의 CCC 간사가 그의 학생과 이곳 '커피 쏘울'을 찾아왔다. 겉으로 반가운 내색을 하진 않았지만 내 마음속에서는 잔잔한 물결의 감동이 일렁이고 있었다.

곧이어 순진무구한 남학생과 그에게 공부를 가르치는 이곳 근처에 사는 교육대 학생이 이곳에 와 조용히 책을 펼친다.

오늘은 여러 팀의 과외그룹이 조용한 독서실의 분위기를 연상케 한다. 학생들이 조용히 책을 보고 공부를 하기에 조금 나이가 든 어른들은 이곳 '커피 쏘울'에 들어서면 '쉿 조용히' 하며 그들의 동료 및 동반한 사람들과 부드럽고 은은한 색조의 파스텔화를 그리는 것처럼 그들의 대화를 이끌어 간다.

"인생은 창조적인 자기행위의 표현이다."라고 누군가 말했다. 매일매일 그림을 그리듯 나는 순간순간 일어나는 상황과 그리고 만나는 사람들을 가만히 생각해 본다.

만일 내가 이러한 일을 선택하지 않았다면 과연 나는 무엇을 하고 있을까? 매일 반복되는 삶의 테두리 안에서 시간을 보내며 하지 못한 것들에 대한 아쉬움을 토로하며 불만의 한숨을 짓고 있을 것이 뻔하다.

그러나 난 선택을 했고 이곳 '커피 쏘울'에서 재미와 행복을 느끼며 일을 하고 있다. 사람과의 관계에서 불편함이 있다면 자신의 자존심을 많이 생각해서 일어나는 현상이라고 한다. 많은 시간 다양한 경험 속에서 많은 것을 배워 간다. 그것은 내가 알고 있는 사람들에 대한 소중함일 것일 것이다.

오픈 당시에 많은 사람의 북적거림이 있었고 같은 시간 몰려드는 인파에 몸은 파김치처럼 힘들었던 기억이 생생하다. 그러면서 사람들과의 관계에서 조금이라도 자존심에 상처가 있으면 더욱 힘들어했던 기억도 있다.

커피 전문점이 많이 늘어나면서 사람들의 수요는 이곳저곳으로 분산되어 아무래도 지금은 처음 '커피 쏘울'의 상황과는 조금 달라졌는지도 모른다. 이러한 상황은 경쟁력이란 측면에서 나 자신에게 요구하는 무언가가 있다는 생각을 해 보았다.

그것은 내가 상대방의 처지에서 생각해보는 것이었다. 그리고 상대방에 입장에서 편안하고 익숙한 관계를 형성하며, 이곳 '커피 쏘울'에 와서 자신들이 하고자 하는 일을 하고 성취감을 느끼며 이곳을 떠난다면, 그 이상 더는 바랄 것이 없다. 지금 현재가 내 삶에서 가장 중요한 포인트이듯이 내가 만나는 사람 또한 미래의 나의 고객이 될 수 있고 그렇지 않을 수도 있다.

하루의 삶 중에서 이곳 '커피 쏘울'에서 보내는 시간은 길다. 그러므로 내가 이곳에서의 시간을 얼마나 충실히 보내야 하고 얼마나 이 일을 사랑해야 하는지 난 누구보다 잘 알고 있다.

어떤 사람은 요즈음 계속 이곳 '커피 쏘울'에 와서 ICE 아메리카노를 오후에 와서 사 가지고 갔는데 다시 밤이 되어 다른 사람들의 것을 챙겨 사다 주기도 한다. 무엇을 하는 사람인지 구체적으로는 알 수 없지만, 커피를 좋아하는 애호가임에는 분명하다. 이곳 '커피 쏘울'의 커피가 그의 최고의 커피가 되듯이 "커피 쏘울" 이름만 들어도 아름답고 멋진 카페를 연상하는 장소였으면 좋겠다.

유대인들은 삶의 최후를 얼마나 투쟁을 하며 살았는가가 중요한 것이 아니라 얼마나 많은 사람을 사랑하며 살았는가가 가장 지혜롭게 산 것이라고 말한다.

아름다운 삶의 결실은 우리의 인생 여정에서 얼마나 많은 사람과 더불어 행복하고 나누며 살았는가 아닐까 생각하며, 우리 인생의 목적지를 생각해 보았다.

이곳 '커피 쏘울'에서의 만남이 다른 사람들과 나누며 더불어 행복해지는 꿈을 꾸어 본다.

성숙은 오랜 기다림이다

푸른 초목들이 여름의 기나긴 시간을 보내다가 가을이 되어 노랑에서 주황 빨강에 이르는 다양한 빛깔의 아름다움을 발산한다.

인간이 일의 재미와 행복을 느끼려면, 자유 평등 민주라는 기본적 토대를 갖추고, 그 위에 재미와 행복을 느끼는 학습을 계속해야 한다고 한다. 우리에게 있어 일이 즐거워야 삶이 윤택하고 풍요로워질 수 있다.

이렇게 가을의 풍요로움을 느끼며 하루는 나의 일터에서 가을 햇살과 마주하고 있었다. 카페는 자주 오는 고객도 있지만 처음 이곳을 찾는 사람들도 종종 볼 수 있다.

문화재 행사로 아줌마 부대를 이끌고 온 행사의 담당자. 아마도 그들은 이곳에 처음 오는 손님인지도 모른다. 그들 중 한 사람은 목소리가 아주 커서 그 분위기를 제압하는 듯한 느낌이 든다.

그들은 이런 저런 얘기로 대화의 재미가 무르익어 가는 데 나는 책을 읽는 것에도 또한 무언가에 집중하는 것조차 어려웠다.

　그러나 파아란 하늘, 햇살 가득한 구월의 마지막 즈음에 이곳에 나타난 그들과 함께 평화로운 한낮의 시간을 보내야 한다. 이렇듯 사람들과의 소통은 서로 간에 조화로움을 유지하며 소통이라는 연결 고리 안에서 움직여 나가야 한다. 사람들 안에서 자신을 발견하고 사람들 안에서 자신을 찾기보다는 내 안의 소중한 나를 찾아가는 것이 중요하다는 생각을 해본다.

　많은 사람은 소통이 되든, 되지 않든 사람들과의 만남을 중요시한다. 자신의 내면을 들여다보는 것보다 다른 사람들의 이목에 관심이 더 많은 것 같다. 많은 시간을 보내면서 사람들에게 집중하는 것보다 자신의 내면의 소리에 귀 기울일 때 더 큰 행복감이 있다는 것을 깨닫는다.

　사람은 기대고 의지해야 할 대상이 아니라 섬기고 사랑해야 할 대상이라는 성경 말씀 구절이 생각난다. 성숙에 이르는 여러 과정에서 사랑이라는 연결고리 안에서 자신을 단련시켜 더욱 단단해지는 연습을 계속해야 할 것 같다는 생각이 든다.

　가을이 무르익는 것과 같이 우리 마음 안에도 사랑의 꽃향기가 가득하고 이곳 '커피 쏘울'에도 진동했으면 좋겠다.

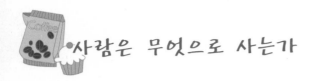

사람은 무엇으로 사는가

한산한 금요일 오후, 거리마저도 너무나 고요함에 더욱 자신이 혼자라는 것을 실감케 한다. 이럴 땐 그냥 나 자신을 일로부터 해방시켜 자유로이 책도 읽고 음악에도 빠져 본다.

바비킴의 「고래의 꿈」을 듣고 있노라면 나의 영혼이 자유로워지는 느낌이라고 할까?

"따아란 바다 저 끝 어딘가에

사랑을 찾아서 하얀 꼬릴 세워 길 떠나는

나는 바다의 큰 고래

이렇게 너를 찾아서 계속 헤매고 있나

저 하얀 따도는 내 마음 흔들어

다시 사랑하게 해

I'm Falling in love again

너를 찾아서 나의 지친 몸짓은

파도 위를 가르네

I'm falling in love again

너 하나만 나를 편히 쉬게 할 꿈 인걸

넌 아는지"

가사가 매우 아름답고 리듬 또한 경쾌해 어깨를 들썩이게 한다. 소소하게 즐길 줄 아는 사람이 행복하다고 말한다.

각 사람이 다양한 문화 활동을 즐겨야 건강한 사회가 된다고도 한다. 내가 만나는 사람은 다양하다. 어떤 사람과 대화를 했을 때는 기분이 좋아지는 경우가 있는가 하면, 또 다른 어떤 사람과 대화를 했는데 며칠 동안 기분이 좋지 않은 경우도 있다.

다양한 사람 중에 아직도 젊은 학생이나 어린아이들을 대하기가 편한 것은 그들 속에는 고정관념이나 편견, 얽매인 틀을 갖고 있지 않아서일 수도 있다. 다양한 사람들이 살고 있지만 내 나이 또래의 사람들과 소통이 쉽지 않은 것은, 그들이 가지고 있는 고정관념, 물질중심의 절대적인 생각 때문이 아닐까 생각한다. 이러한 생각은 다른 정신적인 면을 볼 수 없게 하는 것 같아 때론 안타깝게 느껴진다.

아직 시월이 오지 않았음에도 날씨는 무척 쌀쌀해졌다. 이런 날씨가 톨스토이의 『인간은 무엇으로 사는가』가 더욱 생각이 나는 계절이 찾아온 것처럼 느끼게 한다. 난 이 책을 읽으며 우리 삶의 여러 가지를 깨달았던 것 같다.

가슴 아팠던 것은 천사 미하일에게 아기를 낳은 산모의 영혼을 가져오라는 하나님의 명령이었다. 그러나 천사 미하일은 아기를 낳은 산모의 영혼을 하나님께 가져갈 수 없었다.

그러한 벌의 대가로 천사 미하일은 인간 세상에 알몸뚱이로 내던져지게 된다. 구두장이 수선공 세몽은 그를 발견하여 그의 하나뿐인 외투를 입혀 집에 데려갔는데 그의 부인 마트료나는 기절초풍할 지경이다. 그 어려운 살림에 사람 한 명을 집에 데려왔으니…. 그러나 마트료나는 정성껏 음식을 차려준다. 그러면서 천사 미하일은 첫 번째 미소를 짓는다.

천사 미하일은 세몽의 구둣방에서 구두장이 일을 하며 이름이 알려지게 된다. 어느 날 구둣방에 나타난 신사가 있었다. 그는 오만한 말투로 일 년을 신어도 뜯기지 않을 튼튼한 신발을 만들어 달라는 주문을 한다. 그의 뒤에는 미하일의 친구 천사가 서 있음에도….

그것을 모른 채 미하일은 구두 대신 슬리퍼를 제작한다. 세몽은 어이없는 표정을 짓고 있는데 시간이 조금 지난 후 그의 하인이 다시 돌아와 마차에서 자신의 주인이 돌아가셨다는 소식을 전한다. 장례식에 신을 신발을 신어야 하는 그런 처지를 모른 채…. 그러면서 천사 미하일은 두 번째 미소를 짓는다.

많은 세월이 흐른 후 구둣방에 한 여인이 두 여자아이를 데리고 나타났다. 그녀는 행복한 표정의 두 여자아이의 신발을 주문한다. 전에 이웃에 살던 한 여인이 아이를 낳다 그만 세상을 떠나 자신이 그 아이들을 길렀다고 한다. 그 아이들 위에 자신의 아들 한 명이 있었는데 갑자기 세상을 떠났고, 방앗간의 일이 잘되어 그 두 명의 아이들을 자신의 아이처럼 잘 돌 볼 수 있었다고 한다. 사람의 마음속에는 하나님의 사랑이 있다는 것을 깨닫고 천사 미하일은 세 번째 미소를 짓는다.

하나님은 미하일에게 세상에서 이 세 가지를 깨달으면 천사로 다시 돌아올 수 있다는 제안을 한다.

첫 번째 사람의 마음속에는 무엇이 있는가?

두 번째 사람에게 허락되지 않은 것은 무엇인가?

세 번째 사람은 무엇으로 사는가?

아직 낯선 계절, 가을이 오지 않은 것 같지만 쌀쌀한 날씨 때문에 마음은 따뜻한 사랑의 시작이 그리워지는 계절인지도 모른다.

오늘은 천사 미하일이 세상에서 깨달은 세몽과 마트료나를 통한 사람의 마음 안에 하나님의 사랑이 있는 것을 느끼는 하루, 자신의 삶의 목적지를 향해 무엇을 생각하여야 하는가를 깨닫게 하는 하루, 그리고 부모 없는 아이들을 잘 돌 봐 주었던 한 여인의 사랑을 생각하며, 이러한 것들과 동행하는 하루였으면 한다.

I am enjoying life

우리나라 남자들은 은퇴 후에 자신의 명함을 내놓을 때가 가장 두렵다고 한다. 전에 무엇을 했었는가가 중요한 시대가 아니다.

사람의 수명은 길어져 은퇴 후에 자신들의 중요한 터닝 포인트 (Turning Point)가 있어야 긴 인생의 여정을 행복하게 이끌어 갈 수가 있다. 자신이 재미있어하는 일을 찾아 소소한 즐거움을 찾아가는 것은 자신의 인생에 뜻깊은 의미를 부여하는 일이라 볼 수 있다.

주위에 여러 사람을 보고 있노라면 어떤 인생을 살아야 하는가 큰 그림을 그릴 수 있게 된다. 근시안적인 안목으로 세상을 대하려는 태도가 아닌 진심 어린 마음으로 사람을 대하고 세상과 마주해야 함을 느낀다.

일요일 교회 예배 후 '커피 쏘울'에 들어서려는 순간 갑자기 비가 쏟아져서 은행 알갱이들이 수북하게 쌓여 있다. 굵은 알갱이를 보며 너무나 행복해 우산을 쓰면서까지 그것을 주웠다. 짧은 순간이 었지만 농부들이 가을 수확 후에 결실의 기쁨을 맛보며 행복해 하는 것을 이해할 수 있었다.

몇 그룹의 교육대 학생들은 과제가 많아 일요일 한낮을 정신없이 이곳 '커피 쏘울'에서 시간을 보낸다. 그리고 그들은 또다시 밤에까지 이곳에 찾아와서 못다 한 과제를 마무리 짓느라 바쁘게 시간을 보낸다.

이곳 '커피 쏘울'을 떠날 때에는 행복한 표정으로 미소를 지으며 저녁 인사를 나누고 그들과 다시 만나는 희망찬 내일을 약속한다. 다시 찾아온 이웃에 사는 음악 선생님이 친구분과 대화를 나누고자 이곳에 오셨다. 오랜 우정으로 다져진 그들의 만남은 구수한 농담도 하고 농사에 관련하여 정보도 제공한다.

나에게 '커피 쏘울'의 성공 비결을 묻는다면 사람들과 더불어 많이 웃고 행복해하는 것이라고 답한다. 이곳을 찾아오는 사람들에게 감사함으로 만족하고, 함께 정서공유를 하며 아름다운 만남을 위한 관계 형성에 힘쓰는 것이, 나의 성공의 지름길이 되게 하기 때문이다.

My Best Friend

며칠 전부터 청주에 살고 있는 친구가 백제문화제 구경을 오겠다고 한다. 하루하루가 다가오면서 만남의 기다림에 가슴이 설렌다.

가족의 아침을 챙겨 주고 친구와의 통화를 시도한다.

"출발했어?"

우리의 만남은 둔치공원에서 코스모스길을 걸으며 사진을 찍고 물 위에 떠있는 백제의 문양, 백제 시대의 생활상을 나타내는 인조인물상들을 감상하며 강물 위의 인공으로 만든 다리를 건너 공산성을 다녀오는 것으로 이어졌다. 그리고 점심을 먹고 아쉬운 작별을 했다.

다리가 좀 아파 요즘 운동을 할 수 없다는 친구, 우리의 만남은 35년 전 고등학교 시절로 거슬러 올라간다. 나보다 체격이 좋은 친구라서 그런지 아니면 환한 미소 때문에 그런지 그녀는 마음도 푸근하고 따뜻하다.

수업이 끝나면 우리 집에서 종종 공부를 같이 하자는 핑계로 함께 모여 다락방에서 공부는 하지 않고 새벽까지 이야기를 나누었던 기억은 아직도 생생하다.

그녀는 포근한 솜털 같은, 때론 넓은 바다 같은 마음을 가지고 있다. 그러하기 때문에 내가 그녀를 각별하게 좋아하고 있는지도 모른다는 생각을 해본다.

얼마 전 그녀에게 받은 메시지가 있다.

어느 날 아침 Sarah의 한통의 메시지에 이어 또 다른 영어 메시지가 나를 놀라게 만들었다. 다른 영어메시지는 친구가 나와의 오랜 35년 전의 우정을 생각하며 쓴 My best friend를 소개하는 글이었다.

남편은 메시지의 내용을 보며 아마도 오랜 기간 공부를 한 것 같다며 많은 칭찬을 아끼지 않았다. 매일 이야기를 해도 실타래처럼 계속 풀어져 나오는 우리의 긴 우정의 연속성을 생각하며, 나는 친구에 대해 많은 것을 알고 있다고 생각을 했었다. 그래서 난 친구에게 요즘 영어 공부를 하고 있느냐고 물었더니 벌써 삼 년째 두 번씩 영어회화강의를 듣는다고 한다. 난 그러한 것을 전혀 모르고 있었는데… 친구는 언제 물어보았느냐고 반문을 한다. 이렇게 우린 선의의 경쟁을 하고 있다는 생각을 하니 너무 재미있고 행복하다.

내게 당신이 옆에 있어 행복하다. 한동안 얼굴을 볼 수 없었던 이곳의 단골손님들이 술술 나타나기 시작한다.

이런 쓸쓸한 가을날에는 여우가 어린 왕자를 길들이는 과정에서 인내심을 가지고 자신에게 매일 같은 시간에 다가오라고 말을 하는 것이 생각난다. 그러면 나는 행복한 얼굴로 당신을 맞을 준비를 할 것이라고….

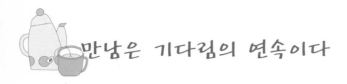

만남은 기다림의 연속이다

우리 교회는 매달 첫날에 새벽예배를 드린다.

아침 일찍 일어나는 것이 정말 싫은데 어려운 새벽잠을 깨며 교회에 갔다. 아니나 다를까 예배 도중 잠은 쏟아진다. 그래도 어떤 장로님은 우리는 어떤 상황에서든 계속해서 기도를 해야 한다고 말씀하신다. 예배를 마치면서 목사님은 몸이 아픈 사람, 기도가 필요한 사람들에게 머리에 손을 대시고 안수기도를 해 주신다.

오늘은 왜인지 기도가 필요하다는 생각이 들어 목사님의 안수기도를 받았다. 여러 기도를 해주시다가 마음의 소원이 이루어지는 기도를 끝 부분에 해주신다.

예배를 마치고 집에 돌아와도 잠은 계속 쏟아진다. 그러나 천장에 얼마 전에 물이 떨어져 페인트 작업을 다시 해야 한다. 그것도 페인트사에서 오늘 해야 한다고 하니….

아홉 시에 '커피 쏘울'의 문을 열어야 하는데 부랴부랴 아홉 시 전후로 이곳에 도착했다. 정작 페인트사에서는 올 기미는 보이지 않고 누군가가 들어선다.

예쁜 눈의 착한 심성을 가진 것처럼 보이는 외국인이 이곳 '커피 쏘울'에 들어선다. 주문을 하기 전 난 무엇을 하느냐 물었더니 이 근처 아주 공부를 잘하는 학생들이 모이는 학교에 원어민 교사란다.

그의 고향은 캐나다 근처의 몹시 추운 Maine of America이다. 미국의 동쪽에 위치하며 보스턴 가까이에 있다고 한다.

나이는 스물다섯이라고 한다. 우리나라 나이로.

그런데 그는 우리나라 말을 유창하게 잘한다.

내가 "How long have you been in korea?"라고 물어보았더니 그는 우리말로 1년 2개월, 일 년 동안 나주에 있는 우리나라 가정에서 홈스테이를 했다고 한다.

이곳에서 살려면 기본적으로 한국말은 해야 한다고 생각을 했다고 한다. 이름이 뭐냐고 물었더니 Jason이라고 한다. 그러면서 묻는다 "사장님 이름은 뭐에요?" 그는 한국말로 나의 이름을 적는다.

그리 긴 시간은 아니었지만 Jason과의 만남을 통해 어린왕자에서 여우와 어린왕자의 만남, 어린왕자와 꽃과의 만남을 생각해 보앞다. 어린왕자는 여러 별에서 많은 사람을 만났지만 여우와 꽃과의 만남은 특별하다고 생각을 했다.

우연하게 그의 별에 씨가 날아와서 꽃을 피우고…. 어린왕자는 다른 별에서 오천 송이의 꽃을 보게 되지만 그가 처음에 그의 별에서 만났던 꽃이 아니라는 사실을 깨닫게 되고 꽃과 어린왕자는 그만의 유일한 장미였다는 사실을 알게 된다. 어린왕자와 여우와의 만남도 각별하게 느껴진다.

"서로 이해하고 서로 가까워지려면 서로 길들이라!"는 표현은 무척이나 인상 깊게 느껴졌다. 또 서로 우정을 유지하려면 인내심을 가지고 매일매일의 노력이 필요하다는 것을 깨닫게 하며, "소중한 것은 눈에 보이지 않고 마음의 눈으로 보아야 한다."라는 것을 깊이 깨닫게 하는 책이다. 그래서 내가 제일 좋아하고 사랑하는 책은 『어린왕자』이다.

그래서 오늘 난 어린왕자와 꽃과의 만남, 그리고 어린왕자와 여우와의 만남을 영어책 『The Little Prince』를 다시 읽어본다.

그는 페인트 작업을 하는 와중에도 밖에 발코니에서 컴퓨터 작업을 하고 얼그레이 허브티를 마시겠다고 한다. 안에서는 페인트 작업에 분주하고 잠시 밖에 나가 내 가족 소개도 하고 내가 책을 쓰는 이야기를 했더니 그는 부럽다며 자기는 소설을 쓰고 싶다고 한다.

또한 딸이 자랑스럽지 않느냐고 격려를 하기도 한다. 점심 즈음 그는 중간고사 기간이라 시간이 있었는데 다음 주부턴 매우 바빠질 거라고 한다.

다시 오겠다는 작별인사와 함께 그가 다음에 오면 그동안 써놓은 나의 꿈 커피숍에 대하여 들려줄 것이다.

난 줄곧 이야기를 하면서 나는 기도를 했었다고 말했다. 그냥 막연하게 성경을 읽고, 그리고 영어공부를 하다 보니 정작 말은 하지 못하는 거 같아 아쉬움이 있어 원어민을 만나고 싶어 기도했다고….

그러나 내가 갈망하는 간절한 시간과 하나님이 나에게 기도의 소원을 허락하시는 시간은 차이가 있다는 것을 깨달았다. 정말 시간의 흐름 속에 나의 소원마저 기억의 저편으로 사라져갈 때 하나님은 그것을 기억하고 있었던 것이다.

오늘은 Brian이 저녁 시간 이곳 '커피 쏘울'에 들어선다. 그의 결혼식이 이번 주 토요일인데 내일 부모님이 이곳에 오신다고 한다. 그래서 내일 부모님과 이곳 '커피 쏘울'에 오겠다고….

정말이지 이곳 '커피 쏘울'은 다양한 문화가 공존하는 장처럼 느껴진다. 이곳 '커피 쏘울'에 있노라면 내가 알 수 없는 상황들이 많이 펼쳐진다.

딸의 고등학교 담임선생님과 다른 과목 선생님들이 저녁 식사

후 민트 초코, 민트모카, 아메리카노를 마시며 대화의 장이 열려 이런 저런 얘기를 하며 시간 가는 줄을 모른다.

만남은 기다림의 연속이다.

처음처럼

어제 이후로 날씨는 초겨울 날씨처럼 쌀쌀해졌다. 운동을 마치고 돌아오는 길에 길가의 집 앞 화단에 무리지어 심어 놓은 배추를 보았다.

주인의 마음은 얼마나 풍요롭고 행복할까?

씨앗이 자라 열매를 맺고 풍요로운 결실을 하는 것을 보면 수확에 따르는 땀방울, 하나님이 우리에게 선물한 계절의 무르익음을 느끼며 우리는 결실의 아름다움을 보게 된다.

오늘은 또한 하나님이 기뻐하는 삶은 무엇일까를 생각해보게 된다. 씨를 뿌림으로 열매를 맺는 가을, 결실의 수확을 하나님은 기뻐하실 것이다. 일을 하면서 처음 시작했던 마음을 접어 두게 될 때가 있다.

생활에 안주하다 보면 그냥 시간의 흐름에 자신을 던져놓을 때가 있다. 자신이 주체이기보다는 여기저기 휩쓸려 가는 삶을 가끔 보게 될 때가 있다.

믿음은 보이지 않는 것들을 믿는 것이 믿음이다. 날마다 경건에 이르는 연습을 해야 한다. 믿음의 눈으로 바라보고 살아야 한다.

오늘은 Brian과 이지의 결혼식이 있었다. 아마도 많은 시간을 통하여 그들이 사랑의 결실을 맺는 것을 보면 이 또한 하나님이 계획하시고 기뻐하시는 일이 아닐까 한다.

머나먼 땅 아일랜드에서 온 Brian의 부모님이 화환 근처에서 한복을 입고 앉아 있는 것을 보며 사랑은 국경과 관계없이 모든 것을 하나 되게 하는 큰 힘을 발휘하는 것에 새삼 놀라게 된다.

목사님의 주례사 중에 "사랑하는 것도 학습을 해야 한다."는 것은 참 인상적이다. 어떻게 보면 우리는 긴 인생의 여정을 살아가게 된다. 그러려면 참고 인내하는 법도 배워야 하고, 기다림의 과정도 배워야 하는 것을 삶을 통해 알게 되었다고나 할까.

사람들은 시각적인 것을 좋아하고 근시안적인 안목으로 살아가는 것을 발견할 때, 가끔 허전해지고 그것들이 사람들의 속성인 것을 깨닫게 될 때, 난 사람들 속으로 들어가기보다는 내 안에서 나를 발견하며 때론 좌절감도 느끼고, 또한 괴로워하기도 하다가 아주 많이 성숙해진 나 자신을 발견할 때가 있다.

시간이 지나감에 있어 나이를 먹는 것이 두려운 것이 아니라 정신이 녹슬지 않게 단련하는 것이 무엇보다도 중요하다는 것을 깨닫는다.

언제나 처음처럼 사람을 만나도, 일하는 데도, 어디에 있든지, 무엇을 하든지, 처음의 나이고 싶다. 나무를 보고 꽃을 보아도 언제나 행복하듯이 사람들을 대할 때에도 사람들의 따뜻함, 긍정적인 부분을 보았으면 좋겠다.

이렇게 매일매일 긍정의 시작을 하다 보면 모든 것이 새롭게 느껴지고 아름다워 보이고 행복해 보일 것이다.

새로운 시작을 위하여

우리에게 주어진 삶은 소유의 개념이 아니다. 존재 지향적인 그냥 있음만으로 주어진 현실에 최선의 삶을 살아야 하고 소멸해 가는 것에 두려워해서는 안 된다. 우리 눈에 보이는 것이 영원할 수 없듯이 주어진 시간도 한때 일 뿐이다. 그냥 마음을 내려놓고 그윽이 자연의 소리를 들어본다.

바람이 지나가는 소리, 시냇물에 비친 자신의 얼굴을 들여다보며 그 안의 내면의 소리를 들어본다. 우리가 살아가는 삶의 형태는 단조롭지 않다. 소그룹의 모임이건 주변의 관계 형성에 있어서건 끊임없이 노력을 해야 하지만, 생각의 차이가 너무나 크게 느껴질 때에는 결국 좌절감에 빠져 헤어나오기 어려울 때가 있다. 그러면 주변의 것들이 어수선하고 생각도 맑아지지 않고 문제의 웅덩이에서 긴 시간 갇혀 있는 자신을 발견하게 된다.

나에게 주어진 삶에 있어서 문제 해결이란 저만치 뒤로 물러서서 양보하고 겸손하게 내려놓아야 한다는 생각을 하면 사람이 싫어지고 포기하고 싶어질 때가 여러 번 있다.

성경에서는 사람들이 나약함과 단점을 드러낼 때 하나님은 그러한 것을 통해 더욱 강하게 사용하신다는 말을 한다. 세상을 살다 보면 나 자신은 문제도 없고 옳다고 생각하는데 주변의 얽힌 문제를 보면 해결이 안 될 때가 종종 있다.

몇 사람이 의견을 맞추기란 정말 쉽지가 않다. 간혹 오래전 우정이 두텁던 친구가 찾아와서 이야기를 하는데도 서로 공감대가 형성되지 않아 딴소리하는 듯한 느낌이 들 때도 있다. 이러한 경우에 사람 간의 소통이 너무나 피곤하고 힘들다고 느낀다. 그러나 분명 피곤한 몸이 회복되고 내 안에 있는 영혼의 새로워짐은 늘 필요하다.

오늘은 이른 아침부터 비가 느슨하게 대지를 적셔주고 있다. 아침에 운동을 가려고 집을 나섰다가 우산을 가져가지 않은 바람에 다시 돌아와서 빗소리를 들으며 아침잠에 취해 본다. 일어나 보니 열두 시 오십오 분, 부랴부랴 집안 정리 및 머리를 감고 집을 나선다.

'커피 쏘울'에 들어선 순간 어제 들여놓은 아이비 화분이 나를 반기며 활짝 웃고 있다. 이제 그들과 처음 만나는 시작에서 그들과 가까워지고 그들과 친해지기 위해선 그들을 많이 이해하고 사랑해야 할 것이다. 그들도 나를 좋아하고 서로에게 다가가는 연습이 필요할 것이다.

오늘 내리는 비는 넓은 대지를 흠뻑 적셔주고 내일의 풍요롭고 아름다운 결실에 한몫을 다 하는 것이라는 생각을 해본다. 그러면서 부슬부슬 내리는 비를 보며 빗소리와 함께 잠을 취한 터라 몸과 마음의 피로도 회복된 것을 느낀다.

비와 함께 조용히 대화를 나누는 두 여학생의 대화는 소소한 친구 이야기, 학업에 관련한 이야기 등 편안한 분위기를 빗소리에 실어 담아낸다. 빗소리와 함께 똑똑 떨어지는 은행알을 줍는 동안 한 남학생이 '커피 쏘울' 안으로 들어선다.

조용히 심취해 책을 보고 있는 동안 기침 소리조차 크게 느껴져 잔잔한 '커피 쏘울'의 바다 안에 노니는 고래가 되는 기분이다.

자연의 신비로운 아름다움에 살아 있다는 존재감은 더욱 크게 행복감을 부여한다. 이제 새로운 시작을 하기에 충분할 거 같다.

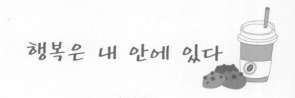

행복은 내 안에 있다

　사람들은 물질적인 풍요로움이 있어야 정신적인 행복감도 찾아온다고 생각하고 있다. 물론 삶을 살아가는 데 있어 어느 정도는 뒷받침되어야 한다고 생각한다. 그러나 요즈음 사람들과 대화를 나누다 보면 너무 물질 중심적인 가치관에 사로잡힌 경우를 자주 보게 된다. 그렇더라도 가을이 오는 문턱에서 사람들과의 만남의 소중함을 깨닫는 자신을 발견했음 좋겠다.

　내 마음이 열려야 진정한 눈으로 세상을 만나고 사람을 만날 수 있다고 생각한다. 그러므로 자연의 꽃이나 나무, 새들과도 교감해야 행복한 자신을 발견할 수 있다고 생각한다. 가만히 고요 속으로 들어가 사물을 살펴보면 신비로운 아름다움에 취해 정겨운 대상이 되고 만다.

　오래전에 이곳을 찾았던 아기와 아기엄마가 그의 남편과 함께 이곳 '커피 쏘울'을 찾아왔다. 오랫동안 남편이 고시공부를 했었는데 사법고시에 합격했다고 기뻐했던 모습이 눈에 선하다. 딸이 부산에서 학교에 다닌다고 했을 때 자신의 남편도 부산에서 학교를 졸업했다고 하며 반가워했었는데….

다시 찾아온 '커피 쏘울'에서 아기도 이제 많이 자라 인사도 제법 잘한다. 끝없이 이어지는 만남의 순간이 난 매우 기쁘기만 하다.

계절의 변화는 자연의 색조에서 느끼기보다는 아침잠에서 깨어난 다음 체감 온도에서 느낄 수가 있었다. 이런 계절의 변화 때문에 사람들은 사람들에 대한 그리움을 더 갖는지도 모른다는 생각이 들었다.

스산한 느낌이 드는 오늘, 사람들과 더불어 동행하는 삶 속에서 행복감을 느껴본다. 지나간 시간, 이곳에 왔었던 사람들이 한 사람 한 사람씩 이곳을 그리워하며 찾아오는 발걸음에 감사함이 느껴지는 '커피 쏘울'에서의 하루는 정겹기만 하다. 언제나 이곳을 찾는 사람들에게 한결같은 마음으로 따뜻함을 유지하며, 친절함으로 대하는 가운데 사람들과 자연스러운 소통의 분위기가 묻어나는 장소로 '커피 쏘울'이 알려졌으면 좋겠다는 생각을 가져본다.

사람들과 더불어 행복해지는 장소, 사랑이 찾아오면 부분이 아닌 전부가 되듯이 스산한 느낌의 계절에 사랑의 가득함으로 나를 채워보았으면 한다.

늦은 시간 카페라테를 찾는 사람, 쌍쌍의 젊은 커플은 이곳에서 가장 맛있다고 알려진 아이스티를 주문한다.

날씨가 쌀쌀할 때에는 따뜻한 카페라테를 마시면 몸도 마음도 따뜻해지며 기분이 좋아지는 느낌이 든다. 난 종종 기분이 가라앉을 땐 카페라테를 마시면서 흰 뭉게구름 위에 내가 있는 것처럼 행복감을 찾곤 한다.

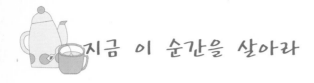

지금 이 순간을 살아라

우리는 태어나면서 삶이라는 과제를 부여받는다. 매일 삶을 살아가면서 삶을 공부하고 배워 나간다.

삶을 배우는 일은 자기 자신을 있는 그대로 받아들이는 것과 자기 자신 안에서 세상과 조화로운 삶을 살려는 태도를 의미하는 것이라고 본다. 삶은 혼자 고립되어 사는 것이 아닌 여러 고리 안에서 사랑을 나누고 확인하는 과정으로 관계가 형성되기 때문이다.

우리 삶을 살펴보면 함께 길을 걸어가고 있지만, 개개인에 있어서는 외롭고 한없이 약하고 부족한 부분이 많은 존재다. 인생이라는 여러 과정에서 사랑, 용서, 오래 참음, 관용, 상실, 수용, 행복 이러한 것을 통한 자기 자신의 깨달음에 이르게 될 때 궁극적인 자기 자신이 누구인지를 찾을 수 있다.

너무 늦게 자신에 대하여 깨닫기보다는 순간순간에 내가 누구인가를 물으며 진정한 자신을 찾아가는 것은 현재 삶에 있어 매우 중요한 부분이다.

이곳 '커피 쏘울'에 새로운 활기를 불어넣고자 어저껜 아이비란 이름을 가진 식물과 행복 나무로 분위기를 바꾸어 보았다.

화원의 주인은 오행[우주 만물을 이루는 다섯 가지 원소. 금(金), 수(水), 목(木), 화(火), 토(土)]이 집안에 있으면 사람들이 많이 모인다고 말한다. 자기가 아는 지인의 집이 엄청나게 좁은데 화초가 많아서인지 사람들이 너무 많이 찾아온다고 하며 화초를 들여놓으라고 권유를 한다.

그래서인지 모른다. 화초를 들여놓은 이즈음 많은 사람의 발길이 이곳 '커피 쏘울'에 와 닿는다.

또한 목사님의 심방과 더불어 "여호와는 나의 목자시니 내게 부족함이 없으리로다. 내게 쉴만한 물가로 인도하시며"라는 성경 말씀을 하시며, 이곳의 주인이 여호와를 나의 목자로 삼고 시작과 더불어 기도로 하루를 출발하라고 말씀하신다.

나는 '커피 쏘울'에서 많은 시간을 보내고 있다. 이곳에서 행복해지는 것도 연습이 필요하다. 예수님이 이 땅 위에 사시면서 사람들과 더불어 먹고 나누고 사람들과 행복했던 시간을 생각하며, 예수님처럼 고귀하고 인류애적인 사랑을 구현하고 실현을 할 수는 없지만, 사람들과 화목하고 행복한 삶을 나누려는 태도와 사랑의 실천만으로도 나를 둘러싼 주위의 사람들이 행복해질 수 있다.

오늘은 수원지에 산책 온 부부가 처음 이곳에 들렀다. 직접 인테리어를 했는지 궁금해서 물어본다. 그리고 무슨 연유에서인지 오랫동안 외국에서 살다 왔느냐고 묻기도 한다. 앞으로 어떤 모임이 있으면 이곳에 오자고 좋은 장소를 알아냈다고 기뻐하며 허브티의 종류인 서던민트와 카페라테를 마시고 이곳을 조용히 떠났다.

그들이 떠난 자리는 고요 속에서 흐르는 강물처럼 추억 속으로 조용히 흘러간다.

순간순간을 살라고 했던 누군가의 말이 간절히 생각난다.

"밤하늘 별들을 볼 수 있는 것으로도 우리는 너무 행복하다. 별들에 이르는 꿈을 가진 것으로 별에 이르지 못할지라도, 별에 이르고자 하는 꿈을 꾸지 않은 것보다 행복하다."

죽음이 임박해서 삶의 진리를 깨닫는 것이 아닌 오늘 하루 진정한 삶을 살아갈 때, 삶의 소중한 순간을 발견할 수 있다.

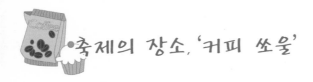

축제의 장소, '커피 쏘울'

목사님은 설교 중에 "삶은 전쟁터와 같다."라고 비유를 하신다.

그렇지만 난 삶을 축제의 환희로 받아들이며 사람들과 만나기를 희망한다. 사람들과 더불어 나아가길 희망하고 같은 방향에서 친구이길 원하나 그런 누군가를 만난다는 것은 나의 현실에서 어려운 상황이다.

세상 속의 사람들과 호흡을 맞추기보다는 주어진 시간에 홀로 책을 읽고 사색을 하다 보면 이곳 '커피 쏘울' 안에서 '커피 쏘울' 안에서 정말로 훈훈하고 따뜻한 정겨운 사람들을 만나게 된다.

마음이라는 빈 공간을 사람들에게 여유롭게 열어 놓으면 사람들은 자연스레 마음의 공간에 들어오게 된다. 서로 마음의 창이라는 거울이 되어 서로 볼 수 있는 관계로 확인되는, 그런 아름다운 만남이 시작되고 연결되는 고리로 이어진다. 서로에게 미소 지을 수 있는 관계로….

온전한 삶은 자신 안으로부터 나와야 한다. 홀로 있는 자체로도 충분히 가치 있고 사랑스러운 존재로 이미 행복할 자격이 있다.

우리는 삶이 제공하는 모든 아름다운 것들을 누릴 자격이 있고 단 하나밖에 없는 특별한 존재로 태어났다. 삶이라는 배움의 길목에서 여러 가지 상황들을 만나고 아름다운 보석을 깎아내듯이 각각의 모가 난 부분들을 삶을 통해 다듬어 나간다.

우리는 관계 속에서 상호작용을 통하여 서로 존중하는 법을 배우고 서로 보호하고 사랑받을 만한 가치가 있는 사람으로 사랑의 진정한 의미를 깨닫게 된다.

삶 속에서 자신의 진실을 상대방과 나누고자 하는 마음이 있어야 한다.

어저껜 교육대 학생들의 많은 발걸음이 이곳 '커피 쏘울'에 멈추어 있었다. 늦은 아침 골든 카모마일을 마시며 같이 책을 보며 시간을 보냈던 한 여대생은 저녁이 되어 남자 친구와 주변의 친구들을 데리고 나타났다.

그녀의 남자친구는 화이트 모카를 한잔을 마시고 다시 또 한 잔의 화이트 모카를 마시며 과제를 하느라 많은 시간을 보낸다. 아마도 화이트 모카 안에 들어 있는 화이트 초콜릿의 단맛이 기분을 좋아지게 하고 피로를 없애는 것처럼 느꼈던 것 같았다.

저녁 시간 이후 갑자기 젊은 사람들이 같은 시간 줄을 이어 주문을 한다.

축제 장소의 연회처럼 계속해서 발걸음이 이곳 '커피 쏘울'로 옮겨지는 것을 보며 사람들이 아직도 '커피 쏘울'을 잊지 않고 찾아주는 것에 다시금 감사함을 느끼는 시간이었다.

이곳 '커피 쏘울'이 사람들의 놀이터이자 나의 삶을 위한 안식처로 자리 잡았으면 좋겠다. 일의 생산성만을 위한 일터가 아닌 사람들과 더불어 쉼터도 되고 일의 즐거움도 찾아가며 나의 놀이터가 되는 '커피 쏘울'이라면 얼마나 멋진가?

우리는 삶을 누리고 즐겁게 만들어 나갈 이유가 있다. 우리의 삶은 항상 고정되어 있지 않고 변화하고 움직인다.

순간순간 자신의 행복을 위해 축제의 장소로 만들어 나가는 것은 분명 자신의 몫이기에 나의 일터에서 경직되지 않은, 해 질 녘 아이들이 시간 가는 줄도 모르고 노는 것에 취해 집에 가는 것조차 잊어버리는 것처럼, 이곳에서의 시간이 사람들과 더불어 축제의 환희 속에서 기쁨으로 저녁노을을 물들여갔으면 한다.

가끔 사람들은 언제 어떤 시간에 사람이 많은지를 궁금해한다. 정말이지 때에 따라 다르다는 말이 실감이 난다.

어떤 시간은 펑펑 놀다가 어떤 시간은 정신을 못 차릴 정도로 바쁘다. 그리고 그들의 취향에 따라 커피숍은 그들의 쉼터 또는 은신처가 되어 그들의 필요에 따라 다양하게 무언가를 수행하는 장소가 되기도 한다.

어제 이어 오늘도 과제에 여유로운 월요일 저녁 시간을 '커피 쏘울'에서 보내고 있는 서너 명의 여대생들은 컴퓨터 작업을 하며 자신들의 아는 곡을 따라 부르기도 한다. 뒤를 이어 계량한복을 맞추어 입은 듯한 부부가 카페라테와 아메리카노를 마시며 가을의 운치를 더욱 잔잔하게 이끌어간다.

옆집에 사는 남학생은 거의 매일 여자 친구와 늦은 시간 도서

관에서 공부를 마친 후 쇼콜라 케이크와 아이스티를 마시고 이곳 '커피 쏘울'을 떠난다.

'커피 쏘울'에서의 하루는 정겨운 사람들과의 만남으로 가슴 벅차다.

행복은 흐르는 강물처럼

오늘도 전과 다름없이 체육관에 운동을 하러 갔다.

어제의 날씨보다 제법 쌀쌀해진 계절의 변화에 몸도 마음도 움츠러드는 것처럼 느껴진다. 자전거를 타고 근력 운동을 하고 있는데 관장님은 고구마를 구워 놓았으니 와서 먹으라고 한다.

처음엔 별생각이 없었는데 먹다 보니 따끈따끈한 고구마 맛이 무어라 표현할 수 없을 정도로 좋아 계속 먹게 되었다. 직접 농사를 지은 것이라 하며 사람들과 나누어 먹다 보니 행복은 지금 내가 있는 곳에 움트고 천국이 따로 없다는 생각이 들었다.

또 다른 하루의 일과는 같이 예배를 드리는 분의 속 심방이 있었다. 식당을 하시는 분이라 그곳에 들러 맛있는 순댓국도 먹고 속 식구들과 일주일 동안 있었던 이야기도 나누고, 슈퍼에 들러 샐러드 재료도 사며 그냥 흐르는 대로 살아있는 느낌으로 자신을 대하다 보니 누구보다 행복한 나를 발견할 수 있었다.

수수하고 자연스러움 안에서 상대방과 나누고 이해하고 다양한 경험의 폭을 넓히며 나아가다 보면 관계가 풍성해지고 자유롭게 흘러갈 수 있게 된다.

오늘은 '커피 쏘울' 오픈과 더불어 이곳을 찾은 서너 명의 사람은 얼마 동안 '커피 쏘울'을 운영했는지 궁금해한다. 그리고 다른 곳에서 이곳에 볼일이 있어서 온 젊은 사람들은 공주에도 이렇게 좋은 곳이 있었느냐고 반문을 하기도 한다.

언젠가 온 것 같이 보이는 말끔한 외모의 남자 두 사람은 자꾸 어디서 본 듯한 얼굴이라며 이곳 공주가 고향인지를 궁금해한다.

이문세의 「가로수 그늘 아래서」를 들으며 그들은 지나간 음악 이야기, 그들의 학창시절 향수를 말하며 학생들 이야기와 수업이야기를 하는 것을 보니 분명 교사임이 틀림없다.

그들은 아메리카노가 가격에 비해 정말 맛이 있다고 말을 하며 자신을 알지 않느냐는 표정으로 나를 바라본다. 내가 교직에서 이십 년 가까이 생활을 했다고 말을 하니, 그들은 어떤 학교에 있었는지, 그때와 비교해서 지금은 어떤지 등을 묻는다.

난 나쁘지 않다(Not so bad). 지금의 내가 좋다고 말을 한다.

어슴푸레 저녁이 가까워져 오는 시간 잠시 밖에 나가 은행알을 줍고 있는데 누가 "이 선생!" 하고 부르는 소리가 들린다. 뒤를 돌아보니 같이 근무했던 보건 양호 선생님이 부르시는 것이 아닌가. 그녀는 내가 학교를 그만두고 조금 후에 정년퇴직한 것으로 알고 있었다. 버섯을 한 움큼 가지고 와서 주면서 다시 한번 들르겠다고 한다. 그리고 이 근처 내가 사는 아파트에 이사를 왔다고 반가워하며 이젠 집에서 살림을 잘 해보려고 한다고 했다. 나는 좀 전에 주웠던 은행알을 주면서 그녀와의 만남에 기쁨을 감출 수가 없었다. 다시 언젠가 그녀가 이곳에 올 것을 기대하며 어슴푸레한 저녁 오렌지빛 조명이 새어 나가는 것을 보며 그녀와 보냈던 한때를 기억해보았다.

그녀와 함께 근무할 때 쉬는 시간이나 점심시간이면 햇살이 잘 드는 2층 보건실에 들렀다. 그곳에서 시간 가는 줄 모르며 퀼트로 필통을 만들고 작은 가방과 큰 가방을 배워가면서 만들었던 기억은 아직도 잊지 못할 추억으로 남아있다.

그녀는 남학생들에게 특별활동시간에 퀼트수업을 하기도 했었다. 이렇게 나이를 먹어가며 좋은 우정으로 이곳을 찾아오는 사람, 나는 지금 이 순간에 그들에게 감사하며 행복한 미소를 지어본다.

우리의 마음이 늘 열려 있다면

과제를 하려 '커피 쏘울'로 다시금 발걸음을 옮기는 교육대 학생들의 부쩍 많아진 것 같다. 동아리를 지어 모여 그들은 과제를 해내느라 분주한 시간을 보내고 있다.

또 다른 테이블에는 여러 명 혹은 한두 명씩 자리를 꽉 메운다. 커플로 온 이들은 이곳에 들렀다가 자리가 없어 아쉬움으로 발걸음을 돌린다.

메뉴를 같은 시간 계속 주문을 하기에 나는 그들의 필요에 따라 어수선한 분위기를 만들고 싶지 않아 순서대로 그들의 자리에 그들이 주문한 메뉴를 가져다준다. 이럴 땐 사람들의 말을 정확히 듣고 빠르고 신속하게 움직여야 한다.

그리고 커피숍 안의 전체적인 분위기의 흐름을 안정되게 만들어 그들이 수행하고자 하는 과제를 완벽하게 마치고 돌아가는 발걸음을 확인해야 한다.

또 다른 발걸음이 있었다. 시청에 다니는 아들과 함께 오는 여자분이 간호사 친구와 이곳 '커피 쏘울'에 들렀다. 한동안 소식이 없어 궁금했었는데….

그녀는 요즘 많이 바빴고 피곤했었다고 말을 하며 그동안의 소식을 전한다. 그러면서 이곳은 참 편안하고 마음을 차분하게 하는 거 같아 좋은 장소라고 말을 한다.

그러한 말을 들을 때마다 늘 감사함으로 이어지는 나의 삶, 그들의 성취감을 통해 나의 자아는 내면의 거울 속으로 투영되는 과정을 거쳐 지금의 나보다 더 성숙한 자아로 자라난다.

아주 가끔은 자신의 길을 잘 가고 있는지 궁금할 때가 있다. 세상의 관점에 자신을 맞추기보다는 본질적인 자기 자신을 알아 간다는 것, 남들과 동일시하지 않고 각자의 독특함을 인정해주고, 나 자신의 여러 부분을 사랑하는 것은 삶의 과정에서 아주 중요한 것이다.

어저껜 심한 기온 차이로 알레르기 비염과 코감기가 겹쳐 빗물 쏟아지듯 나오는 콧물 때문에 하루를 견딜 수가 없었다. 이러한 작은 병치레에도 나약해진 심경의 변화, 우리는 한없이 나약한 존재임에도 매일매일의 삶에서 교만이라는 큰 부분의 틀 안에서 매일 사람들과 싸우고 부딪히는지 모른다, 우주 만물의 조화를 이루는 상생이라는 말이 갑자기 떠올랐다.

얼마 전에 화초를 들여놓았는데 그들에게 필요한 물의 양, 공기, 바람, 습도 그리고 그들과 친밀감을 유지하는 것은 그들과 더불어 살아가는 데 나의 보살핌이 필요한 것이다. 이렇듯 자연과 더불어 조화를 이루고 사람과 더불어 조화를 이루는 것은 우리 삶에서 매우 중요한 부분이다.

사람들과 이야기를 하다 보면 자신의 이야기만 하는 것을 종종 보게 된다. 상대방과 상호작용이 아닌 단지 자신만의 이야기를 하고 상대방의 말은 들을 시간이 없다.

가끔은 대화가 안 될 때 좌절감도 들지만 그런 부분조차도 그 사람 입장에서 긍정을 택하느냐, 그렇지 않느냐는 그 사람의 몫이기에 대화에서 좌지우지하려는 태도는 바람직하지 않다. 그렇지만 중요한 것은 나의 삶이 부드럽고 자연스러워야 세상과의 만남에서 원활함을 유지할 수가 있다는 사실이다. 그래서 늘 자신 안에 족하다는 생각을 가지고 생활하는 하는 것은 바람직한 태도라고 볼 수 있다.

우리가 지금 임박해서 생을 마감한다고 할 때 우린 이미 모든 것을 다 가졌다고 느낄 게 분명하니까, 지금 가지고 있는 것에 충분함을 느끼고 감사하며 생활해야 할 것이다.

푸른 초원의 잔디에 누워 파란 하늘을 바라볼 수 있는 마음의 여유와 늦은 저녁 시간 하늘의 노란 별들을 바라볼 수 있는 것은, 언제든 우리가 원하는 대로 그곳에 갈 수 있다는 마음이 있기 때문이다.

우리 마음이 늘 열려 그것을 보고자 한다면….

가슴 떨리는 삶을 위하여

어제 심한 날씨 변화와 기온 차 때문에 감기 증세로 몸이 힘들어 함을 느낄 수가 있었다. 오늘은 운동을 가지 않고 집에서 많은 시간 잠을 취해본다.

아침에 여러 종류의 채소와 과일을 넣어 만든 샐러드와 감기에 좋다는 배를 먹으며 베란다 넓은 창의 햇살과 마주하였다. 넓은 창을 통해 나무의 흔들림을 바라보며 새들이 지저귀는 소리를 듣는 한낮의 정취는 평화롭기만 하다.

하지만 이러한 순간도 잠시, 정겨운 '커피 쏘울'은 나를 기다리기에….

카페 안에서 사람들의 울타리는 느낌에 따라 왈츠의 선율처럼, 때론 요즈음 감성적인 발라드처럼, 시간의 흐름을 이끌어 간다. 교육대학의 남학생 둘은 선후배 사이로 요즘 근황 및 공부의 방향,

주변 이야기 등으로 활기찬 삶의 풍성함을 나누고 있다.

사람마다 취향과 성격이 다르듯이 선호하는 카페도 다르다. 거의 매일 저녁 이곳에서 임용고시 준비를 위해 여념이 없는 고정단골손님인 서너 명의 미술과 학생들은 선택의 여지 없이 이곳 '커피 쏘울'을 선호한다. Ice 아메리카노와 카페모카를 번갈아 마시며 어려운 시간을 참고 인내하며 보내는 그들과 동행하는 삶, 좀 더 따뜻하고 사랑하는 삶을 살아가기를 희망한다.

누군가에게 좋은 영향력을 주고 사랑의 향기를 뿌리는 우리의 모습은 이 세상을 살아가는 데 가장 필요한 요소인지 모른다.

매일 같은 삶을 사는 것 같지만 늘 우리의 마음이 새로워져야 소소한 아름다움을 발견할 수 있다. 얼마 전에 들여 놓은 아이비 화분에서 어린 새순이 연녹색으로 나오는 것을 보며 모든 어린 것들은 왜 그렇게 예쁘고 사랑스러운지…. 감탄이 절로 나온다. 어린 새순을 보며 생동하는 삶의 느낌을 보는 듯하다.

늘 우리의 마음이 새로워져야 순간순간 감동을 할 수가 있고 주변의 사물들이나 사람들에게 관심을 두게 된다. 오늘은 많은 시간을 보내며 여러 종류의 커피를 마셔본다. 점심엔 따뜻한 카페라테를 마시고 늦은 오후엔 따뜻한 아메리카노, 늦은 밤이 되었을 때 Ice 아메리카노를 마셔본다. 맨 마지막에 먹은 아이스 아메리카노는 속을 시원하게 하고 피곤했던 눈의 피로를 줄여주는 거 같다. 뭐랄까, 기분이 좋아지는 그런 느낌이었다. 카페를 운영하면서 메뉴의 여러 종류를 먹어보는 것도 크나큰 재미로 느껴진다.

오늘 하루 지나간 시간을 마무리하며 행복했던 기억을 떠올려본다. 내가 만난 사람들의 소중함을 생각하며 늘 가슴 떨리는 삶을 위해, 내 안에 기쁨의 충만함을 위해 기도한다.

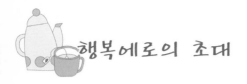

행복에로의 초대

언제나 어디에 있든 새로운 마음을 가지고 일을 하려고 하는 삶의 태도는 무척 중요하다. 처음 마음을 가진다는 것은 늘 새로워질 수 있다는 의미인지도 모른다.

오늘은 '커피 쏘울'에 들어서자마자 쿠키를 굽는다. 처음 오픈을 할 때 사람들은 손으로 직접 구어 만든 쿠키를 좋아해서 굽는 시간까지 기다리기도 했었다.

날씨는 제법 완연한 가을 색을 띠면서 햇살도 따사롭고 기분도 좋아지는 그런 계절인 거 같다. 문을 열어 놓은 틈으로 옆 미용실까지 쿠키 냄새가 진동을 해서 미용실에서 아이가 쿠키를 좋아한다고 여섯 개의 쿠키를 사 가지고 간다.

'커피 쏘울'은 쿠키 냄새로 진동을 하며 부드럽고 감미로운 향기를 더해간다.

이윽고 일본어 쌤 사모님이 운동을 마치고 이곳에 들러 길지 않은 수다를 늘어놓으며 오후 시간을 보내다 집 청소를 하지 못했다며 '커피 쏘울'을 떠난다.

늘 과외로 시간을 보내던 옆집의 남학생은 파트너가 여학생으로 바뀌어 진지한 대화에 여념이 없다. 어저께 과외를 하며 카카오톡에 웃음을 띠며 메시지를 보내던 것을 기억하며, 그들의 만남이 즐겁고 행복한 만남이 되기를 기도해본다. 매일 통통거리며 다니는 그 남학생의 표정은 때론 신선함이 넘치며 젊음의 향취를 충분히 느끼게 한다.

아직 해동되지 않은 뉴욕 크림치즈 케이크를 좋아하는 천안에서 온 교육대학 여학생은 이곳 '커피 쏘울'에서 선배와 면접 준비를 하는 듯 준비에 여념이 없다.

동창회로 모인 중년의 아줌마부대에 합류한 중년 남자는 이곳 커피가 정말 맛있다고 감탄을 한다.

어저께도 삼십 대의 남자 서너 명도 아메리카노가 정말 고소하고 맛있다고 했었는데….

이곳 '커피 쏘울'의 커피가 맛있다고 할 때, 학생들이 주문한 메뉴를 바닥까지 흔적 없이 마시고 떠날 때, 나는 기분이 좋아진다.

우리의 삶이 순간순간 행복해야 함을 알기에 우리는 끊임없는 행복에로의 문을 열고 행복과 친구를 하며 가까이 다가가야 한다.

주위에서 나를 웃음 짓게 하는 것들을 생각하며, 그래서 기분 좋아지는 하루로 나를 행복에로의 초대를 해 보는 날이다.

It's so cool

날씨가 완연한 가을로 접어들면서 아침, 저녁의 쌀쌀함을 빼고는 기분을 상쾌하게 만들어주는 계절이어서 덜도 더도 아닌 충만함으로 채워진 하루를 보내게 된다. 아침에 시작하는 운동은 몸의 균형과 건강, 체력을 길러주는 것 같아 될 수 있으면 빠지지 않고 열심히 하려고 한다.

커피숍 오픈과 더불어 이 근처 학교의 배드민턴 선생님이 학부모와 '커피 쏘울'에 들어선다. 언제 보아도 낯익은 얼굴에 편안함을 주는 그들은 '커피 쏘울'의 단골 마니아다. 그들은 체육 선생님과 학부모들의 상담이나 모임이 있을 때에는 이곳을 주로 이용하는 단골손님이다.

어제 그제 기독 동아리 모임에서 선후배 사이인 교육대 학생이 왔었는데 오늘도 그들은 할 얘기가 더 있는 듯하다. 조용하고 차분한 종교 이야기로 진지한 대화에 여념이 없다.

뒤를 이어 온 두 명의 여학생은 전에 많이 이곳을 왔었는데 한동안 뜸했었다. 다시 찾아온 그들에게 난 너무나 반갑고 감사한 마음이 들었다. 그들은 조용히 책을 펴 놓고 개인 공부를 한다. 크림 치즈 케이크와 아이스 아메리카노를 마시며 보내는 그들의 금요일 오후는 한가롭고 평화롭기만 하다.

조용히 책을 보고 싶어 이곳에 온 여학생은 따뜻한 녹차라테를 마시며 늦가을 찬바람이 느껴지는 저녁 시간을 그윽한 향취 속에 혼자만의 시간을 보낸다.

또 다른 한 커플은 투 샷의 진하고 깊은 아메리카노와 초콜릿의 달콤함이 느껴지는 쇼콜라 케이크를 마주한다. 그들의 진지하고 깊은 대화 속으로 깊은 가을, 해 질 녘의 시간이 함께 저물어 가고 있다.

세상이라는 무대는 누구나 처음 서보는 두려움으로 가득 차 있다. 이런 나 역시도 매일 아침 눈을 뜰 때마다 나의 뜻이 아닌 당신의 뜻 안에서 모든 것을 이루는 시간이 되게 해 달라고 기도를 한다.

감사로 행복한 삶이 되게 해달라고….

당신의 사랑을 조금이나마 흉내 낼 수 있기를 소원하고… 사람들과 더불어 행복할 수 있기를 희망한다. 때론 지쳐 힘들어하기도 하지만 느린 시간 속에서 찾아가는 자유로운 행로, 그래서 행복하다. 남과 다르다는 것이….

Just feeling

누구를 만나더라도 언제나 행복했다고 고백할 수 있다면 얼마나 좋을까?

언제나 처음의 마음으로 돌아가게 하고, 서로 마음을 비울 수 있고, 그냥 느낌대로 바라보고 웃을 수 있는 상대라면 얼마나 좋을까?

기대를 많이 하다 보면 실망도 커진다. 날씨가 쌀쌀해지니 연인들의 행렬이 이곳 '커피 쏘울'에 계속해서 이어지는 것을 보니 마음이 흐뭇하고 따뜻해진다.

처음 이곳 '커피 쏘울'에 들어선 교육대학의 남녀 커플은 말한다. "와우! 짱 좋다." 그러잖아도 주위에 아이비 화분으로 포인트를 주었는데 그들도 시각적으로, 마음으로 분위기를 읽었다는 것이 내심 기쁘기도 하다.

얼마 전에 같은 교회 집사님이 한방 카페를 하겠다고 하며 이곳을 방문했다. 아직 젊어서 그런지 포부와 야심이 너무 커서 나이를 한참 많이 먹은 난 그녀의 현실 감각을 따라갈 수가 없었다.

처음 시작부터 체계적으로 준비하고 계획을 잘 세운 것처럼 보이는 그녀의 모습은 사뭇 내가 커피숍을 시작한 것과는 많이 달랐다.

나는 단지 커피가 좋아 열정 하나로 가슴 뛰며 시작하고 그 출발이 나를 여기까지 오게 했지만, 아직도 모르는 것이 많고 보이지 않는 것도 많다. 그래서인지 순간순간을 사람들과 행복하게 만들어 나가고 싶고, 자신과 만나는 시간조차도 무엇을 하든지 행복감 안에서 출렁이는 물결을 만들어나가고 싶다.

사람들에게 보이는 나보다 내가 더 행복해지는 나를 만들어가고, 시간이라는 현재 안에서 느낌 그대로 충실하게 나를 받아들이고 싶다. 그래서 사람들과 함께 때론 활짝 핀 장미 울타리를 만들어 보기도 하고 매일매일 함께 웃으며 행복해지는 당신과 나, 그리고 우리이길 기대해본다.

처음 발걸음으로 이곳 '커피 쏘울'을 방문한 여학생과 함께 보내는 시간, 그녀는 컴퓨터 작업에 열중을 하고, 난 글쓰기 작업으로 여념이 없다.

아직 한 단락 남아 있는 Living life 영어 성경이 나를 기다리고 있다. 이렇듯 카페는 여러 사람이 있을 때, 혹은 한두 명, 혼자 있을 때조차도 자신의 시간을 조절하며 꾸준히 하고자 하는 공부가 됐든, 그림 작업이 됐든 무언가를 지속해서 창조하고 끊임없이 이어 나갈 수 있다는 장점이 있어서 좋다.

　내가 언제까지 카페를 운영할지는 모르지만 언제나 행복했다고 웃음 지을 수 있는, 눈부신 날이었다고 회상했으면 좋겠다.

내 삶의 기쁨
그대가 있어 행복합니다

한가한 일요일 아침 예배를 마치고 '커피 쏘울'에 들어선다. 제법 쌀쌀해진 날씨 때문에 이젠 스카프가 필요해진 계절이 돌아왔다.

요즈음 교육대학 학생 커플의 행렬이 많아졌다. 그러면서 임용을 준비하는 단골손님인 미술과 학생들이 잠시 이곳에 뜸했었는데, 오늘 이곳 '커피 쏘울'에 나타났다. 어찌나 반갑든지…. 어제 남편이 선물로 받아 온 롤 케이크를 그들이 주문한 아메리카노와 함께 주려는 순간, 그들 중 한 명은 자기 집에 잠시 들러서 귤 한 상자를 샀는데 큼직한 귤 세 개를 가져와 "사장님 이것 드셔 보세요!"하며 건넨다.

이렇게 그들과 보내는 시간 속에서 친숙한 관계가 형성되고 서로의 가진 것을 나눌 수 있는 우리라는 울타리가 되어주어 참 고맙다.

'커피 쏘울'을 하며 맺게 된 여러 종류의 우정은 나를 더 힘이 솟게 하는 요소가 되어 든든한 버팀목으로 자리 잡는다.

어저껜 두리라는 이름을 가진 같은 라인의 아파트 친구를 만나 이런 저런 얘기를 나누고 샐러드와 김치 플라푸와 피자를 먹으면서 편안한 한때를 보냈다. 잠시 그 시간을 생각하니 순간순간을 좋은 기억들로 차곡차곡 채워나가는 나의 모습이 조금 대견스럽기도 하다.

교육대 학생들의 시험이 아직 끝나지 않아서인지 커플 학생들은 공부에 빠져있고, 옆집 남학생과 과외를 받는 순진무구한 학생의 만남 등은, 내가 있는 공간이 아닌 안쪽 공간을 독서실을 연상케 하는 조용하고 아늑한 분위기로 전환하며, 숨소리조차 내기 어려운 '커피 쏘울'이 되게 한다.

가끔 사람들은 이곳은 다 좋은데 메뉴 종류가 많지 않아 불편하다고 커피를 마시지 않는 사람을 위해 커피가 아닌 다른 메뉴도 고려해보는 것이 어떻겠냐고 제안을 하기도 했다. 그래서 새로운 메뉴로 허브티와 콕 한두 가지, 커피 빙수를 선보였다.

새로운 메뉴에 대한 반응이 좋았는데 오늘 처음 선보인 커피 빙수를 교육대학의 커플이 주문을 해서 먹어본다. 하나도 남김없이 다 먹고 떠나는 그들을 보니 내심 마음이 편안해졌다. 그 안에 들어 있는 재료의 데코레이션과 맛의 진가를 발휘해야 하는데, 그래도 처음 반응을 보니 좋은 점수를 받은 거 같아 기분이 좋았다.

사람들과 친밀함을 유지한다는 것은 서로 간에 노력이 필요하다.

서로 존중하는 태도, 자신의 입장만을 표현하려는 것이 아닌 상대의 입장, 생각을 고려하는 것은 관계를 이어가는 데 중요한 밑거름이 된다.

카페를 운영하면서 배우는 여러 가지의 것이 많다. 사람들과의 좋은 관계 형성, 그들과 보내는 시간 속에서 자신이 향상되는 듯한 지적인 내면의 충만감, 그러면서 시간 안에서 하나가 되는 움직임의 절묘한 조화는 카페 안에서만 느낄 수 있는 평화롭고 아름다운 풍경임이 틀림없다.

이곳에 오는 한 사람 한 사람이 있어 행복한 풍경이 되고, 당신이 함께 있어 오늘도 행복합니다.

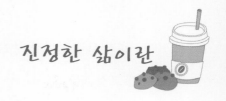

진정한 삶이란

지난 몇 년 동안은 나뭇잎이 예쁘게 물들어 단풍 든 계절의 아름다움을 물씬 느낄 수 있었는데, 올해 단풍은 잎이 일찍 떨어지면서 지난 몇 년처럼 단풍이 아름다운 풍경이 보이질 않는다.

'커피 쏘울' 앞의 은행나무를 보더라도 벌써 우수수 떨어져 버린 은행잎들에 대한 아쉬움에 조금은 슬퍼진다. 사람들과 이야기를 나누면서도 가을의 쓸쓸함에 마음마저 텅 비는 듯하다.

간혹 혼자만의 시간이 만족스럽고 행복할 때가 있는데 사람들과 더불어 의견을 교환하고 시간을 보내는 보내야 하는 경우가 있다.

요즈음 사람들이 외로워서 애완동물을 키우는 것을 볼 수 있다. 애완동물은 우리보다 약한 존재이므로 우리는 그들을 돌보고 사랑해야 한다. 그리고 그들은 우리보다 생명이 짧아 일찍 죽게 되어 남아 있는 우리를 슬프게 한다.

이와 다르게 물질이나 부는 우리 인간의 수명보다 훨씬 길다. 어찌 보면 그것들은 영원할 수 있다.

그리고 우리는 그것을 가지면 가질수록 더 많은 것을 원하게 되고 그것들을 영원히 가질 수 없음에도 우리는 그것들을 쫓으며 산다.

어제 목사님의 설교 중 누가 행복한 사람인가에 대하여 귀 기울여 들었다.

어떤 나라의 임금이 잠을 청할 수 없을 정도로 힘이 들었다. 그래서 대책을 찾던 중 그 나라 백성 중 행복한 사람의 속옷을 가져다 입으면 행복해진다고 하여 이를 찾는 방을 붙이고 행복한 백성을 수소문했다.

그런 사람을 찾던 중 물질적으로 풍부하면 부인이 속을 썩인다든가 하고, 마음이 편한 것 같으면 찢어질 정도로 가난에 시달리는 등, 한 가지가 좋으면 다른 한 가지가 부족한, 정말이지 행복한 사람을 찾을 수가 없었다.

그러던 중 신하가 밤에 이집저집을 찾아다니다 잠을 청하기 전에 기도하는 한 남자의 목소리를 들을 수가 있었다. 그 소리는 일용할 양식을 주시고 오늘 하루 행복하게 우리 가족을 돌보시고 건강하게 하여 주신 것에 감사한다고 하는 행복의 기도였다.

신하는 곧바로 그 집에 들어가 많은 금은보화를 주면서 당신의 속옷이 필요하니 그것을 주면 어떻겠냐고 제안을 했다. 그러자 그 남자는 나는 입을 속옷이 없다고 하는 것이 아닌가….

그렇다. 행복은 우리 마음 안에 있는 것인데 우리는 사람들과 비교하고 경쟁하면서 밖에서 찾으려 한다. 우리는 순간순간 만족하지 못하는 습관이 있고, 사람들을 대하면서도 대접을 받으려고 하다 보니 종종 이질감을 느끼기도 한다.

그렇다면 혼자 만족할 것인가, 아니면 사람들과 더불어 만족할 것인가, 혼자 행복할 것인가, 사람들과 더불어 공감하고 행복할 것인가, 하는 질문에 어떻게 답해야 할까? 참 어려운 질문임이 틀림없지만, 사람들과 공유 속에 조화를 이루고 행복해야 하는 이유를 찾다 보면 그 안에 답이 있을 것이다.

낙엽은 떨어진다. 우리 삶에서도 비상만이 있는 것이 아닌 낙하가 있다.

떨어지는 낙엽의 모습을 보며 우리 삶의 모습 또한 진지한 삶의 의미를 되새겨 보는 시간이 필요하다. 정말 진정으로 잘살고 있는가에 대하여….

시월의 마지막 밤 축제

　가을이 깊어 가는 것을 보며 조용한 침묵이 필요함을 느끼게 된다. 그리고 적당한 휴식과 함께 자신을 돌보는 것도 중요하다.

　매일 반복되는 일을 하는 과정에서 같은 시간에 여러 그룹의 사람들이 방문하면 몸이 많이 피곤함을 느끼게 된다. 오늘은 충분한 잠을 취하고 아침엔 고구마와 김치를 넣어 만든 피자를 가족과 함께 먹으며 행복감에 취하기도 한다. 혼자 만족하기보다는 가족과 더불어 행복한 순간을 맞이한다는 것은 크나큰 기쁨이다.

　하루의 많은 시간을 차지하는 '커피 쏘울'에서의 하루는 매일매일 다른 풍경이 펼쳐진다.

　가을의 정취가 깊어지는 계절, 사람들과의 관계도 가을의 알록달록한 단풍잎처럼 노랑 연둣빛 주황 다홍 빨강의 찬란한 빛깔의 색들로 물들여갔으면 좋겠다. 이곳에 오는 사람들과도 잔잔한 추억의 향기를 가을 빛깔에 담아 축제의 향연으로 시월의 마지막 날을 장식했음 좋겠다.

하루하루가 어떻게 지나갔는지, 과연 시간이 빠르게 지나갔는지조차 느끼지 못했는데 벌써 시월하고도 마지막 날이다. 삶은 어찌 보면 죽음하고도 밀접한 관련이 있다. 우리는 매일의 시간 속에서 삶과 이별하고 죽음에 가까이 가는 행로에 있다. 그러나 정작 시간의 흐름이나 속도를 인지하지 못한 채 현재로 영원히 머물러 있을 것이라는 착각에 빠져 산다. 정말 오늘이 가장 중요한 시간이라는 생각을 하지 못한 채….

그래서 어찌 보면 사람들과 더불어 희희낙락 수다 떨고 만남을 중시하는 것보다 고요 속에 머무르는 조용한 시간이 필요하고 이를 중요시하는 이유가 여기에 있을지도 모른다고 생각해본다.

혼자 있다 보면 자신을 되돌아볼 수가 있고, 다른 사람에 대해서도 생각해볼 수가 있고, 조용히 책을 통하여 일깨워지는 부분이 있어 나는 고요한 나만의 사색의 시간을 즐기고자 하는지도 모른다.

어떻게 사는 것이 잘사는 것인지 사람들은 궁금해한다. 누군가는 자신 삶의 성취보다는 누군가를 돕고 선을 행하는 데 기쁨이 있다고 말하기도 한다. 또 다른 사람은 삶을 잘 사는 것은 사랑하는 법을 배워야 한다고 말한다. 그저 바라만 보아도 웃어줄 수 있고, 사랑은 거저 주는 거니까 행복하다는 그런 삶의 모습은 얼마나 향기로울까를 생각해본다.

자신 안에서 삶이 자유로워질 때 향기로운 꽃처럼 세상을 평화롭게 이끌어갈 수 있다. '커피 쏘울' 안에서의 풍경도 푸른 물결의 잔잔한 파도와 같이 늘 푸르름이 일렁이는 영원한 순간으로 이어졌으면 한다.

시월의 마지막 날은 교육대 학생들이 여러 곳곳에서 소그룹, 중그룹 혹은 다른 소그룹들이 서로 의견을 교환하며 그들만의 알록달록한 단풍잎 축제를 벌이고 있다. 뒤늦게 나타난 선배 남학생은 티라미슈 케이크, 쇼콜라 케이크, 치즈케이크 등을 후배들에게 돌리며 그들의 시간을 돈독함 안에서 하나 되게 이끌어 간다.

"믿음은 바라는 것들의 실상."이라는 성경 구절이 생각나는 시월의 마지막 밤이다. 오늘도 당신과 함께하는 시간 안에서 평화가 깃듦에 감사를 드린다.

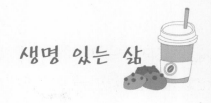

생명 있는 삶

주위의 나무나 꽃들, 그리고 계절의 변화 등을 보며, 우리는 언제나 자연이 그대로 있는 것이 아니라 변화하는 과정으로 끊임없이 거듭나고 있음을 알게 된다. 이러한 자연만이 아니라 우리 삶도 늘 새롭게 거듭나는 게 필요하다.

우리는 영혼의 밭을 가는 사람으로 늘 깨어 있어 욕심을 채우는 삶이 아닌 의미를 추구하는 삶을 살아야 한다. 우리의 삶이 영원하지 않은 한때의 바람과 같기에 해 질 녘의 문턱에서 자신의 삶을 아름다운 노을 빛깔에 비추어 찬란한 순간으로 만들어가는 노력이 필요한지도 모른다.

우리 주위의 생명이 있는 모든 존재는 늘 새롭다. 생명이 있는 존재는 흐르는 강물처럼 흘러간다. 지금의 시간조차도….

삶을 누군가는 인내의 섬이라고 하고 다른 누군가는 끝없는 인내라고 표현을 했다. 나는 이런 삶에서 나 자신이 자신다워지고자 하는 노력으로 내 안의 질서와 일을 통하여 나를 찾아 나간다. 그러면서 내 안에서 세상 밖으로 확산하여 나아간다.

지금 우리의 살아 있는 삶의 순간조차도 우리는 감사를 하며 주위의 이웃, 살아 있는 존재와 따뜻한 가슴을 나누고 행복해야 할 때이다.

주위를 둘러보면 하나하나 사랑스럽지 않은 것이 없다. 작은 돌멩이 하나, 계절이 바뀌어 시들어 는 들꽃조차도 자연의 섭리 안에서의 만남은 우연한 일치가 아닌 필연으로 서로 하나 되게 한다.

며칠 전에 피부 상태가 잡티도 많고 주근깨가 많아 늘 신경이 쓰였는데 누군가가 아이피엘을 권유한다. 딸아이는 이십 대 초반이라 피부에도 꽃이 피고, 난 꽃이 지는 나이로 접어들다 보니 둘이 거울을 보고 있노라면 딸은 백인의 피부를 연상케 하고 난 흑인의 피부에 가까워지는 것을 느끼면서 절망감에 빠지곤 했었다.

그래서 며칠 전 아이피엘을 하느라고 병원엘 갔었는데 정말이지 과정이 짧은 시간이지만 너무 힘이 들었다. 불이 번쩍번쩍, 이것이 계속되면 지옥이나 다름없겠구나 하며 예뻐지겠다는 집념 아랫입술을 깨물고 인내심을 발휘했다. 열흘이라는 기간을 기다리며 검은 딱지는 떨어지며 피부가 재생된다고 한다. 조금이라도 하얘질 가능성을 암시해주니 마음은 편한데 주의사항을 지켜야 한다는 것은 기다림이 필요하다. 어찌 됐든 이 과정을 겪고 잘되었으면 하는 바람이다.

항상 자신을 위해서도 좋은 말, 좋은 생각을 해야 하고 다른 사람을 함부로 판단하지 않는 습관을 길러야 한다. 아무리 상대방이 부당하더라도 향기로운 꽃과 같이 아름답게 피어나는 습관을 우리는 언어를 통하여 쏟아내야 한다.

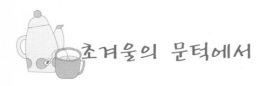

초겨울의 문턱에서

어제의 비가 온 탓에 날씨가 초겨울 문턱으로 접어들었다.

교회 식당봉사라 예배를 마치고 코를 훌쩍거리며 마스크를 쓰고 식당으로 향해 갔는데 식당 안의 기온은 엄청나게 낮다. 시금치도 다듬고 양파껍질도 까며 보내는 동안 콧물은 멈추질 않는다. 마침내 어떤 권사님이 감기가 몸을 고달프게 하니 집에 가서 쉬라고 하여 오랜만의 휴식을 얻은 기분으로 '커피 쏘울'에 돌아와 잠시 휴식을 취해 본다.

휴대폰을 열어 보니 일본어 쌤 사모님의 전화가 찍혀 있다. 잠시 친구를 만나고자 하여 이곳 '커피 쏘울'에 들르겠다고 한다. 그렇게 친구와 함께 온 그녀는 자신의 친구에게 이곳 '커피 쏘울'을 젊은 대학생들이 이용하는 카페, 주차장이 편리해 신관동에서 오는 등 주변의 주민이 자주 찾아온다고 소개를 한다.

사실은 나 자신조차도 이곳 '커피 쏘울'이 나만의 은신처로 느끼며, 어떻게 보면 집보다도 더 편리한 장소로 인식해가는지도 모른다. 이렇게 글을 쓰며 자신과 만나고 사람들과 만나며 서로의 따뜻한 정을 나눌 수 있어 얼마나 행복한가?

오늘은 또한 독생자 예수님에 대해서 생각을 해보았다.

하나님은 세상을 사랑하셔서 자신의 아들 예수 그리스도를 세상에 보내심으로써 말씀에 육신이 되게 하셨다. 우리를 세상에 보내심으로 또한 다른 사람들의 마음 안에서 말씀에 육신이 되어 사랑의 힘을 발휘하는 것을 하나님께서는 원하신다. 항상 말씀 안에서 끊임없이 살아가려고 노력은 하지만 타고난 인간의 기질적인 면을 생각한다면 우리는 기도와 간구로 자신을 다듬어나가는 부단한 노력이 필요하다.

세상은 어찌 보면 좋은 것들로 포장되어 있고 계속해서 유혹하는 여러 가지 것이 많이 있다. 가령 백화점에 쇼핑을 가보더라도 알 수 있다.

모든 좋은 것들은 우리의 눈을 유혹하고 한편으로 가지지 못하는 것에 좌절감을 주기도 한다. 이렇듯 물질문명이 우리에게 좋은 것을 가져다주기도 하지만 시대의 흐름은 너무 변화무쌍하다. 유행을 따르지 말아야 하는 이유가 여기에 있는지도 모른다.

우리는 육신으로 존재하는 것만이 아닌 영혼이 있는 존재이기에 정신적인 면을 추구하고 늘 깨어 자신답게 살려는 외침이 있어야 한다. 때론 반성도 필요하고 새로운 노력으로 늘 자신을 살피고 되돌아보는 시간도 필요하다. 더불어 주위의 사람과 나누고 함께하는 시간, 같이 웃을 수 있는 여유로운 마음을 가지는 것 또한 중요하다.

늘 내가 세상에 있어야 하는 이유, 내가 누구인가, 어떻게 살아야 이 세상을 좀 더 환하게 비출 수 있는가를 생각하며 보내는 십일월의 하루가 되길 기대해본다.

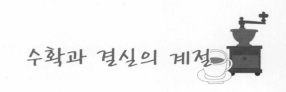

수확과 결실의 계절

벌써 김장철이 돌아왔다.

부산에 있는 딸은 자신이 실과 시간에 시간 나는 대로 비료도 주고, 물도 주며 키워 온 채소를 사진 찍어 카카오톡으로 보내왔다.

나이 든 사람들만이 자연을 사랑하고 자연으로 돌아가는 것을 원하는 줄 알았는데, 딸아이의 실과 수업을 통하여 과 학생들은 생명을 키우는 자연 일부를 접함으로써 많은 것을 얻고 배우는 기회를 만나지 않았을까 한다. 하우스 안에 배추와 무, 상추 씨앗을 뿌리고 물을 주고 비료도 주고 시시때때로 가서 자라는 것을 확인하고, 결실의 수확을 하게 된 것을 사진을 통해서 보니 내가 키운 것처럼 기뻤다.

그러면서도 사진 속 채소를 보고 얼마나 신기하고 놀라웠는지 감탄을 금할 수가 없었다. 딸아이는 가까이에 있으면 배추와 무를 뽑아서 같이 먹으면 얼마나 좋겠냐고 메시지를 보내오며 가슴을 더 찡하게 했다. 사진 속의 무와 배추는 정말이지 큼직큼직하고 싱싱하기 그지없다.

대학의 특성상 많은 과제로 바쁜 와중에도 채소를 그렇게 튼실하게 키운 딸이 자랑스럽고 대견스럽기만 하다.

우리 둘째 아이는 축구를 하는 것을 엄청나게 좋아하며 온갖 풋살 대회에 참가하여 상금을 받아오기도 하는 축구광이다. 지금까진 축구를 향해 정진했는데 이젠 공부에 전념해서 자신이 원하는 스포츠 의학계열 쪽으로 꿈을 펼쳐 나갔으면 한다.

가끔 사람들이 무엇을 한다, 그리고 해냈다고 말하는 것을 볼 때마다 나의 경우는 그들이 하고 해낸 것과는 좀 달랐다는 생각을 한다.

딸아이부터 그렇다.

딸아이는 초등학교 때부터 공부를 잘해 오다 중3 때 피아노를 전공하겠다는 뜻을 밝히며 예술고로 진학했다. 그러면서 전공에 대해 깊이 있게 생각하던 중 피아노를 계속하려면 많은 외로움 속에 자신과의 싸움을 계속해야 한다고 판단했다. 그 판단에는 선택의 폭이 넓은 인문계 학교로 전학을 해서 자신의 공부를 더 한 다음 진로를 선택해도 늦지 않는다는 생각이 있었다.

짧은 시간에 예술고를 준비하는 과정에서 공부보다 피아노에 중점을 두었던 점은 고등학교에 들어와서 적지 않은 영향을 미쳤다. 아무래도 중3 시기에 공부보다 피아노에 신경을 쓴 탓에 성적은 본인이나 부모 입장에서도 만족하는 상황은 아니었다.

고등학교 1년을 거의 마치면서 마침내 다시 복습하는 과정으로 학교를 옮겨 새로운 출발을 하였다.

고등학교 과정 중에서도 아이의 입장이나 부모의 눈높이를 생각해보면 꽤 만족스럽지 않은 상황이었으나 하나님께서는 자신이 선택한 사람은 포기하지 않으시고, 당신을 기뻐하고 찬양하는 사람을 쓰신다는 것을 나의 경험을 통해 알게 하셨다.

지금 생각해 보면 딸을 통한 나의 기대치도 있었을 것이라는 생각을 해본다.

그렇지만 고등학교 생활 중 자신이 가진 달란트를 사용하여 매주 늦은 저녁 열시에 시작하는 금요 철야예배시간에 졸음을 참아가며 피아노 반주를 하여 하나님을 기쁘시게 했던 것을, 그분께서는 기억하시고 그 아이가 가진 모든 것을 사용해 내가 원하던 교육대학 쪽으로 진로를 정해주시고 뜻을 펼쳐 나아가게 하는 것을 보면, 이미 이전에 하나님께서는 사람을 선택하셨다는 것을 깨닫게 된다.

아들의 경우를 보더라도 공부를 안 하면 괜히 미워 밥을 먹을 때에도 눈치를 주었던 기억이 있는데, 이제는 마음을 차분히 내려놓고 아이가 선호하는 학과 쪽에 중점을 두어 기도로 아이와 눈높이를 맞추려 한다. 그러면서 상호작용하는 쪽으로 관심을 기울여야겠다는 생각을 해본다.

자신이 선택해서 진로를 정하고 나아갈 때는 어떤 어려움이나 난관에 부닥칠지라도 잘 헤쳐나갈 수 있을 것이라는 생각이다. 어저껜 둘째 아이에게 "난 널 믿어 보기로 했다."고 나의 마음을 표현했다.

햇살이 좋은 오늘 이곳 '커피 쏘울'에 아련 학생의 부모님이 어제 이어 오늘 또다시 방문했다. 대전을 거쳐 부여에 가야 하는데 중간 지점인 공주의 '커피 쏘울'에 들러 커피를 마시고 가겠다고 한다. 정말이지 아주 고마운 사람들이다. 공주가 아닌 부여에서 이곳을 단골 커피숍으로 삼아 자주 찾아 준다는 것이….

그리고 서울대 법대를 졸업하고 사법고시에 합격한 큰아들이 내년 1월에 결혼을 한다고 한다. 한복을 입고 궁남지에서 국화축제 때 찍은 아들 주상이 사진과 며느릿감 사진을 보여 준다. 같은 대학의 동문으로 대학 1학년 때 만났다며 벌써 며느리를 얻게 되었다며 흐뭇해한다.

세월의 흐름은 수확의 결실처럼 우리의 나이 듦을 더욱더 풍성하게 만들어 행복의 경지로 이끌어간다.

< 딸이 실과시간에 재배한 채소들 >

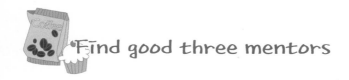

Find good three mentors

  늦은 밤 남편 학교의 음악 선생님과 역사 선생님께서 이곳 '커피 쏘울'에 오랜만에 들러 담화를 나눈다. 같은 아파트에 살며 이곳 '커피 쏘울' 단골손님이기도 한 그들이 다시 찾아와 준 것에 감회가 새롭다.

  역사 선생님은 쿠키를 좋아하는데 초콜릿 칩, 아몬드 쿠키와 함께 아포가토를 주문한다. 음악 선생님은 오늘 주메뉴를 키위 쥬스에서 골든 카모마일 허브티로 바꾸었다.

  어찌 됐든 그들이 함께한 자리는 성경에서 나오는 탕자의 비유처럼 집 나간 아들이 다시 돌아온 것에 기쁨을 감출 수 없는 아버지의 마음이었다고나 할까?

  남편이 교직에 첫발을 들이며 가르쳤던 제자가 지금은 시청에 근무하는 공무원이 되어 그의 지인과 함께 이곳 '커피 쏘울'에 방문했다. 청명한 가을의 햇살을 받으며 무르익은 우정의 대화로 그들은 오후 시간의 하모니를 이룬다.

인근 같은 아파트에 사는 초등학생 엄마들은 오후 시간 일주일에 두 번씩은 이곳에 들러 조용한 수다를 떨며 아이들의 학교이야기와 성장하는 과정을 보고 느낀 것들에 대한 서로 의견을 나누며 그들만의 한가한 시간을 보낸다.

이곳 '커피 쏘울'엔 커플의 행렬이 줄을 이을 때가 있다. 오늘 온 한 쌍은 며칠 전부터 계속 이곳 '커피 쏘울'을 즐기는 애호가임이 분명하다. 그들은 길을 걷다 은행잎을 밟으며 사진도 찍고 걷고 또 걷고 하다가 이곳에 발길이 머물러 온 것이 확실하다. 그들은 서로 눈빛만 주고받아도 행복하다. 오랜 시간을 같이 있어도 시간은 짧기만 하다.

어저껜 영어 성경을 공부하던 중에 좋은 세 멘토(three mentors)를 찾으라고 한다. "Find three good mentors, shut up, listen, and learn!" 읽는 동안 얼마나 웃음이 나오고 재미있었는지 모른다.

나는 사람들의 말을 잘 듣는다고 생각했었다. 그렇지만 나 자신을 살펴보면 듣는 것보다 말을 하는 것을 더 좋아한다는 것을 스스로 느꼈다. 오늘 아침나절 교회 목사님의 속회심방이 있었는데 목사님의 질문에 답변을 얼마나 길게 하는지 컨트롤을 하지 못하는 자신을 보며 참 한심하다는 생각이 들었다. 이젠 어떤 상황에 임하게 될 때 세 멘토를 생각하며 입을 다물고 귀 기울여 듣고, 그리고 상황을 통하여 배울 것을 다짐해본다.

나의 사랑 '커피 쏘울'

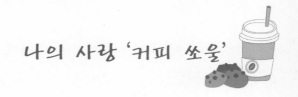

어저께 아침 카카오톡에 Sarah의 김밥 사진과 메시지가 올라와 있다. 분명 외국인이 만들 수 없는 김밥의 형태이다. 그녀는 자신이 가르치는 학생의 엄마가 만든 김밥을 먹었다고 전한다.

하루의 일과가 진행되던 중에 문득 궁금증이 생겼다. 그녀가 가르치는 학생의 엄마는 한국인일까 하는? 메시지에 She is Korean 이라고 쓰여 있다.

별것 아닌 것에도 관심이 가고 사람들과 어울려 재미있어하는 나 자신이 요즈음은 좋아진다고나 할까. 요즈음 '커피 쏘울'이 끝날 시간 즈음 계속해서 이곳을 방문하는 젊은 남자 두 명이 주문을 한다.

아메리카노에 녹차라테를 마시는 것을 좋아했는데 오늘은 그들 중 선배가 녹차라테를 주문하려는 후배에게 다른 메뉴를 권유한다. 바나나 주스를 마시는 것은 어떻겠느냐며? 그들은 과자를 먹으며 한번 드셔 보시라고 편의점 메뉴 중 가장 맛이 좋아 사람들이 즐겨 먹는 메뉴라며 한주먹의 과자를 건네준다. 그러면서 이곳에서 먹는 것이 왠지 좀 미안해서 그런다고 말한다.

계속해서 오는 사람들을 대하다 보면 그냥 서로가 친숙해지는 느낌으로 가족을 대하는 그런 기분이 든다.

언젠가 천안에서 교편을 잡고 있을 때 드라마 『학교』의 촬영이 그곳 예술고에서 이루어졌었다. 그때 배우 손현주, 조민기 등을 볼 수 있었는데, 처음 보는 사람임에도 TV를 통하여 계속하여 보아 왔기 때문인지, 마치 이웃집의 잘 알고 있는 사람들처럼 눈에 친숙했던 것을 생각해본다.

전에 수능 시험을 볼 때에는 날씨가 매우 쌀쌀하다 못해 일찌감치 눈이 내리는 것도 보곤 했는데 내일이 수능일임에도 날씨는 제법 따사롭다고나 할까, 참 의아스러운 느낌이 든다.

오후 시간, 오래전에 Brian에게 영어를 배웠던 일본어 선생님이 그의 동료 선생님과 함께 이곳을 방문했다. 그녀는 몸의 건강을 생각해서인지 토마토 주스를 이곳 '커피 쏘울'에서 즐겨 마신다. 내일이 수능일이라 여고에 예비소집이 있어서 찾아왔다고 한다.

이곳 '커피 쏘울'을 잊지 않고 찾아주는 사람들, 그들은 이곳을 떠나면서 말한다. "참 괜찮지 않아요? 이곳 말이에요."

내가 이곳에 있어야 하는 이유를 다시금 알게 해 주는 고마운 사람들, 그들과 함께하는 일상은 행복으로 이어주는 통로가 되고 있었다.

전에 교직에 있을 때 알고 지냈던 미술과 선생님이 그의 동료와 늦은 시간 담화로 밤의 세레나데를 연출한다.

하얀 눈이 올 것 같은 이 계절은 '커피 쏘울'에 오는 한 사람, 한 사람이 소중하고 그리운 사랑의 대상이 된다.

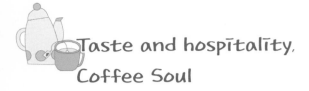

Taste and hospitality,
Coffee Soul

　이곳 '커피 쏘울'이 조용해서 찾아온다는 아메리카노를 좋아하는 내 나이 또래의 중년 여인은 사업과 관련해 다른 사람을 데리고 와서 오픈 스타트를 끊는다.

　같은 아파트에 사는 시의원은 주민과 잠시 이야기를 나누고 자리를 떠난다. 자주 이곳을 주변의 후배들과 들르는 곰돌이 푸를 닮은 중년의 남자도 이곳 '커피 쏘울'에서 자신이 선호하는 카푸치노를 마시며 햇살 가득한 오후의 시간을 은행잎의 추억 속으로 빠져들어 간다.

　오늘은 수능일이다. 시험이 끝난 후 수능을 본 학생과 학생의 엄마, 주변의 지인과 둘러앉아 시험을 본 상황에 대해 대화를 나누고 그들 주변의 이야기로 시간 가는 줄을 모른다.

　남편 학교 국어 선생님도 이곳 근처 여고에서 시험 감독을 한 것 같다. 아는 동료와 이곳 '커피 쏘울'에 찾아와 조용하고 잔잔한 대화로 그들의 하루 시간을 마무리 지어간다.

요즈음 난 눈을 뜨면 감사함으로 하루를 시작하게 된다. 일을 하면서도 좋은 사람들을 만나게 해주심에 또다시 감사함으로 하나님께 고백하게 된다. 주변의 사람들을 건강함으로 평온한 시간으로 이끄심에 감사에 감사를 드리게 된다.

그리고 아이피엘을 하고 열흘이 된 오늘, 나의 얼굴을 들여다보니 많이 맑아지고 깨끗해진 것을 느낄 수가 있었다. 아들한테도 물어보니 나와 같은 의견을 말한다.

난 나의 하루를 보내는 데 성경을 통해 하나님을 만나는 것 또한 좋고, 그것을 통한 영어 공부의 재미도 느낄 수 있어 행복하다. 그것이 쉬운 일이 아님에도 나의 정신이나 영혼이 녹슬지 않았다는 생각을 하면 왠지 스스로 뿌듯함을 가질 때 가 있다.

조용한 침묵을 통하여 하나님의 음성을 들으려는 노력 또한 하루의 일과 중에 놓치지 말아야 하는 일이다. 어떤 경우든 말을 많이 하는 것보다 고요한 침묵 속에 경청하는 자세로 늘 마음을 하나님께로 향하는 것.

하나님은 인간의 삶의 목적을 예수님께 속하게 하기 위해서라고 마더 테레사 수녀는 말한다. 그러한 목적은 말씀을 전하는 사람이나 하나님의 말씀을 통하여 사랑의 힘이 느껴지게 하여 서로에게 유익이 되게 하려 함이라고 한다. 그러므로 말씀을 전하는 우리에게 얼마나 깨끗하고 순결한 마음이 필요한지 알 수 있다. 이는 우리의 마음이 충만해지는 것을 통하여 가능해진다.

저녁 시간 남편과 함께 근무하는 역사 선생님과 사회 선생님이 이곳 '커피 쏘울'에 들어선다. 뒤이어 일본어 쌤 사모님이 아들과 함께 방문을 한다.

남편 학교의 역사 선생님은 딸이 대학을 갈 때 역사 동아리 활동 및 '우리 문화 바로알기대회'를 통해 딸의 숨은 재능을 펼쳐내어 교육대학을 들어가는 데 여러 가지 도움을 주셨던 분이다.

내가 이곳 '커피 쏘울'을 좋아하다 보니 자연스레 사람들도 이곳 '커피 쏘울'을 사랑하는 것 같다. 뒤늦게 이어지는 발걸음이 이곳 '커피 쏘울'에 와 닿는 것을 보니 우선 친절해야 한다는 생각을 한다. 그리고 맛이 없을 경우에는 다시 그곳에 가지 않게 되는 경우를 보게 된다.

그래서 난 제일 먼저 생각하는 것이 맛(taste)이다. 재료는 싱싱한 것으로, 그리고 되도록 건강에 유익하게 우리 가족이 먹는다는 생각으로 모든 메뉴를 만든다.

우리 삶은 서로에게 유익하고 서로가 좋아지는 쪽으로 기울여야 하는 것이 삶의 목표가 되어야 한다고 생각을 한다.

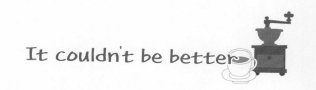

It couldn't be better

　일기예보에서는 날씨가 어제보다 추워졌다고 하는데 실제 온도 차이는 별로 느낄 수가 없다.

　오픈을 하자마자 초등학교 엄마들이 들어서면서 그들의 모임이 이곳 '커피 쏘울'에서 이루어졌다. 아이들에게 관심도 많지만, 학부모 간에 관계 형성이 돈독하게 이루어진 그들은, 학급의 학생들처럼 화기애애한 분위기로 정겨움이 넘쳐난다.

　전에 운동을 같이 했던 젊은 아기 엄마 또한 그의 친구와 초겨울이 다가오는 계절을 이곳 '커피 쏘울'에서 따뜻하고 화사한 분위기를 만들어가고 있다.

　아마도 베트남에서 온 외국인처럼 느껴지는, 얼굴이 조그맣고 날씬한 여자 두 명이 이곳 '커피 쏘울'에 와 그들이 좋아하는 녹차라테와 민트모카를 주문한다. 한국인에게 우리말을 배우는 그들은 이제 우리말 솜씨가 제법이다.

다른 때 같으면 한산하게 느껴질 금요일 오후인데도 제법 아줌마 부대들이 줄을 이어 눈 부신 햇살과 함께 '커피 쏘울'을 환하게 비추어 가고 있다.

운동을 같이 했던 젊은 아기 엄마는 요즘 살이 찐다며 운동을 하느냐고 물어본다. 난 아이피엘을 하느라 자외선을 차단해야 한다는 말을 들어 요즘 한 일주일 운동을 하지 못했다고…, 그렇지만 육 개월 동안 했던 운동 효과를 설명했더니, 그녀는 지금 당장에라도 시작을 해야겠다며 이곳을 떠난다.

카페는 이렇게 이러한 사람들의 만남을 통하여 정보를 나누고 유익함에 이르는 좋은 만남의 장(場)이 되기도 한다.

오늘도 많은 사람과 만나며 내 안에서 하나님의 좋은 향기가 빛을 발하고 그의 현존을 드러내는 그런 바탕을 가진 하나님의 사람이 되기를 기도해본다. 우리가 만나는 사람마다 그리스도의 한 일원이 되듯 부드럽게 서로 사랑하는 마음을 가져야 한다는 생각을 해본다.

오늘도 예수님이 우리 모두를 사랑하시는 것 같이 서로 부드럽게 사랑해야 함을 느낀다. 서로 사랑하는 모습은 어떠한 말보다 많은 것을 드러낼 수가 있다. 예전엔 사람들의 찡그린 표정을 보면 자꾸 우울해질 때가 있곤 했는데 요즈음 이곳에 오는 사람들의 표정이 밝고 환하다.

늦은 시간 젊은 여자와 좀 나이가 들어 보이는 그녀의 동료가 웃는 모습으로 "몇 시까지 하나요?" 묻는다. 열한 시까지 한다는 말에 그들은 함박웃음으로 "다행이다."라고 큰 소리로 외친다.

사람들이 좋아지고 그들이 이곳 '커피 쏘울'을 사랑하고 있다는 생각을 하니, 이보다 더 좋을 순 없다(It couldn't be better)는 말이 지금 이 순간 떠오른다.

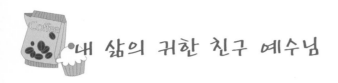

내 삶의 귀한 친구 예수님

　먼 곳 부산에서 공부하는 딸이 '커피 쏘울'에 도착해 무엇이 그리 급한지 앉기도 전에 『지선아 사랑해』의 주인공 인터뷰장면을 컴퓨터를 통해 보여준다. 오래전 책이나 인터넷을 통해 보았을 때보다 그녀는 많이 회복된 모습이었다.

　요즈음 감사를 모르고 사는 세대에 지금 나도 포함되어 살고 있는 것 같이 느꼈는데 일반적인 사람들보다 겉모습에서 훨씬 더 불편하고 절망적인 상황처럼 보이는 그녀는 희망과 감사의 메시지를 힘차게 전한다.

　사고 직후 그녀는 오빠에 의해 생명은 구해졌지만, 얼굴과 온몸에 상처와 화상을 입고 세상으로 쉽게 나올 수 없었다. 그렇지만 그녀는 이 모든 어려움을 이겨내고 훌륭한 인격체로 우뚝 섰다. 그녀가 세상을 살아가는 데 이 죽음보다도 힘든 순간을 견디고 이겨내는 것을 보며, 인간의 힘이 아닌 그녀 안에 하나님이 살아 계셔 역사하시는 것을 느낄 수가 있었다.

사고 후, 긴 시간을 보내며 절망적인 자신의 모습과 상황을 볼 때마다 그녀는 신이 있다면 왜 나를 이렇게 만들었느냐고 울부짖으며 따지고 싶었다고 한다. 그러면서 그녀는 옥상에 올라가 자살을 택할 것인가, 교회를 갈 것인가를 생각하다 하나님을 만나게 되었다. 하나님은 어떤 모습이든지 너는 나의 소중한 딸이라며, 빛이 없는 세대에 빛으로서 삶을 살 수 있다는 소망을 품게 하였다고 한다.

희망에 대하여 사회자가 묻는다. 그녀는 말한다.

"희망은 막연한 기대라고…. 여기가 끝이 아니다. 바닥까지 내려앉았지만, 다시 올라갈 수 있음에 대한 기대라고."

모든 것을 잃었다고 생각했지만 많은 것을 얻었다고 말하는 그녀는 "충분히 행복합니다. 지금 무엇이 되지 않아도 나는 행복합니다. 내 삶엔 이유와 목적이 있습니다."라고 말한다.

그 어떤 드라마가 이보다 더한 감동이 있을까?

촉촉이 비가 내리고 있다. 내일은 조금 더 추워질 것이라고 한다. 우리는 감사할 것이 너무 많음에도 불구하고 마음이 굳어져 느끼질 못한다. 감사를 계속하다 보면 하나님은 새로운 감사의 조건을 만들어 주시며 또한 기도도 하게 하여 주신다. 다른 어떤 친구를 가진 것 보다 나의 귀한 친구 예수님이 계시다는 것을 생각해보면 힘이 넘쳐난다.

그리고 토요일의 한가한 오후, 촉촉한 비와 함께 교육대 학생들의 행렬이 줄을 잇는다. 그리고 여러 테이블에서 조용히 컴퓨터와 함께 그들의 임무를 수행하는 것을 보니, 어저께 딸이 영어 교수법 시간에 PPT를 만들어 수업했는데 잘 만들어 교수님께 칭찬을 받았다는 말이 생각이 났다.

그리고 알고 지내는 교장 선생님께서 요즈음 통 보이지 않았는데 비가 촉촉이 내리는 시간에 친구인 음악 선생님과 함께 이곳 '커피 쏘울'에 들르셨다. 얼마 전에 농사를 지으시다 과로해서 병원에 며칠 입원했었다고 하며 그동안의 소식을 전한다. 그러잖아도 교장 선생님 소식이 궁금했었는데….

오늘 하루 감사한 일을 찾아 떠나는 삶의 여행자가 되어보는 것은 어떨까 하고 생각해본다.

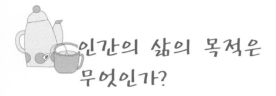

인간의 삶의 목적은 무엇인가?

　오늘은 딸과 함께 교회에 가니 옆에 든든한 친구가 있어서 행복하게 느껴지는 한가한 일요일이다. 그렇지만 딸은 수업 지도안 때문에 친구도 만나지 못하고 컴퓨터와 씨름을 벌이고 있다.

　오늘 목사님 설교는 겨자씨만 한 믿음이라도 있으면 우리가 산을 들어 옮길 수 있다는 내용으로 사람들은 믿음은 있는데 행하질 못한다고 종종 말한다는 내용이다. 그것은 반어법적인 표현으로 믿음이 없기 때문에 행하질 못한다는 것이다.

　요즈음 난 경건에 이르는 삶이란 어떤 것인가 라는 질문을 스스로 하곤 하는데 조용한 내면의 기도와 생명의 양식인 말씀이 함께 조화를 이루어야 영혼의 호흡을 할 수 있다는 생각이 든다. 조용한 내면의 기도는 단순함과 함께 소망을 반복하여 표현하므로 기도는 향상되고 내면의 기도 속에 하나님은 말씀하시며 하나님의 충만함으로 채워진다고 한다.

　난 하루하루의 삶 중에 하나님의 말씀은 읽고 들으려고 노력은 했는데 기도의 중요성과 기도를 하는 것을 잊을 때가 있었다. 다시금 기도의 필요성과 중요성을 알아가며 말씀과 함께 행함의 중요성도 깨닫게 된다. 말씀에 행함이 없으면 그것은 살아 있는 믿음이 아닌 죽은 믿음이나 다름없는 것이다.

　하루하루 빠짐없이 성경을 읽는다는 것은 쉬운 일이 아니다. 그것도 두 장 분량의 영어 성경을 매일매일 보는 일은 어깨도 아프고 등이 쑤시는 것 같아 앉아 있으면서도 편안하지가 않다.

　오늘은 고린도전서에 사도 바울의 이야기가 나온다. 그는 많은 사람을 구원에 이르게 하려고 자신의 로마 시민권을 포기하고 유대인과 같아지고 그리스도의 종이 되고자 했다.

　복음의 목적을 위하여 모든 것을 한다고 말하는 그는 약한 사람들에게는 자신이 약한 자와 같이 되어서 그들을 구원에 이르게 하며, 다양한 계층의 사람들에게는 그들의 모습이 되어서 그들을 구원에 이르게 하는 사도이다.

　바울의 삶을 보며 행함의 믿음을 다시 생각하게 된다. 자신이 믿음으로 구원을 받았다고 하지만 받은 은혜 때문에 구원의 삶을 잊지 않으려고 날마다 자신을 쳐서 말씀 안에 복종시키는 삶을 살았던 그에게도 인간적인 연약함이 있었다.

"오호라, 나는 곤고한 자로다." 하며 자신이 원하는 길로 가려 하나 자신도 가진 인간의 본성 때문에 괴로워했던 그를 생각하며, 삶에서 우리의 목적은 과연 무엇인가를 생각해 본다.

기도를 들으시는 하나님

　오늘 또 하루가 멀어져 간다. 딸아이가 이곳을 떠난 지 얼마 지나지 않았는데 벌써 그리움으로 가득 차 있다.

　부산이라는 먼 거리에 딸아이를 보내 놓고 남편과 아들, 난 딸이 보고 싶으면 부산에 가 이곳저곳을 구경하고 멋진 카페도 가보고 맛있는 음식을 먹으며 그곳에서 한때를 보내고 오기도 한다.

　그런데 어저께 딸이 집이 그리워 오긴 했는데 과제가 많아 친구도 만나지 못하고, 피부와 관련해 잠시 서울 한의원에 다녀온 게 다였다. 그리고 컴퓨터만 가지고 과제와 씨름을 하며 겨우 간신히 잠만 조금 자고 바쁘게 부산으로 돌아갔다.

　날씨가 쌀쌀한 탓인지 딸이 가고 난 자리는 횅하니 부는 바람처럼 텅 빈 공간으로 남아 있다. 딸과 같이 있었던 시간엔 교육대학의 학생들이 여러 테이블에서 과제도 하고 엄마와 딸이 오손도손 대화하며 즐겁게 시간을 보내는 것을 볼 수가 있었다.

잠시 저녁 시간 아들과 함께 발코니에서 짬뽕도 먹고 짜장면도 먹으며 보내는 시간도 꽤 달콤하게 느껴졌다. 왜냐, 자신이 먹고 싶었던 음식을 먹어보는 것도 나에겐 큰 즐거움이니까,

기도의 중요성 및 필요성을 알게 된 후 난 순간순간 하나님에게 나의 필요에 대해 나의 원하는 것을 되새김질하곤 한다. 어떻게 보면 이기적인 기도일지라도 난 기도를 해야 하겠다는 생각이 들었다. 기도는 하나님과 만나게 되는 유일한 통로로 나 자신의 부족함을 드러내며 온전히 하나님께 모든 것을 내려놓으며 그분에게 모든 것을 맡기는 것이다.

예배시간 어떤 권사님의 순수하면서도 솔직한 기도가 솔깃하게 들리어 왔다. 그중에 물질이 부족한 경우에도 그것을 채워 달라는 하나님께서는 우리의 세부적인 기도조차도 들으시는 것 같다.

난 새로운 여러 카페가 생긴 후 걱정도 많이 하고 새로운 카페 오픈 당시 사람들아 이곳저곳으로 옮겨 다니는 것을 보고 불안한 마음이 들기도 했다. 하지만 그럴 때일수록 하나님께 솔직하고 간절하게 나의 이야기를 털어놓았었다. 그러면 하나님께서는 나의 이야기를 들으시는 것처럼 전에 왔었던 사람들이 다시 이곳을 찾게 하시고 또 새로운 사람들, 그리고 학생들의 스터디 모임들을 이

곳에 갖게 하시는 등 여러모로 사람들을 불러 모아 주신다.

어떤 사람들은 자신의 과시욕으로 내가 이렇게 이루었다는 등 자기 자랑에 여념이 없지만 난 나의 하고자 하는 꿈을 이루어 가는 과정에서 하나님과의 동행이 너무 즐겁다.

있는 그대로의 내 모습을 사랑하시는 나의 하나님이 내 옆에 계셔서 너무 감사하다.

나는 포도나무이고
너희는 가지니

이젠 완연한 초겨울의 기운이 느껴지는 계절이 돌아왔다.

스산한 기운이 돌면서 사람들의 옷차림 또한 겨울로 접어들어가는 패딩이나 스웨터를 입은 모습을 보며 계절의 변화를 느낄 수 있다.

오늘은 쌀쌀한 날씨에도 불구하고 여러 날 하지 못했던 운동을 하느라 체육관에 가서 자전거를 타는데 익숙한 목소리가 들려온다. 얼마 전 '커피 쏘울'을 찾아왔던 같이 운동을 했던 미라라는 이름을 가진 젊은 아기 엄마가 체육관에 등록한 것이다.

예상치 않은 그녀와의 만남, 삶은 어떻게 보면 예상치 못하고 알 수 없는 기대로 가득 찬 그리움일지도 모른다는 생각을 해본다. 같은 아파트의 이웃 두리라는 이름을 가진 내 나이 또래의 친구와 케이프타운에서 점심을 먹고 남편의 빵을 사 가지고 '커피 쏘울'에

도착했다.

따끈한 아메리카노를 그녀와 마시며, 밖에는 약간 춥지만 따뜻한 초겨울의 시간을 '커피 쏘울' 안에서 보내고 있다. 그녀는 운동의 필요성과 시작한 지 얼마 되진 않았지만 운동을 한 후 달라져 가는 신체의 변화와 유익함에 관해 이야기하며 시간 가는 줄을 모른다.

좋은 이웃을 만나고 그들과 시간을 보내며 서로에게 유익한 정보를 주고받는 내가 아닌 우리라는 매개체 안에 기쁨을 나눈다는 것은 행복한 일이 아닐 수 없다.

이젠 얼마 안 있으면 한 해의 마무리로 접어들어 가야 한다. 한 해의 마무리는 열매 맺는 삶이 하나님께서는 원하시는 대로 분명해야 할 텐데, 내 입을 통하여 행동을 통하여 난 하나님을 기쁘게 해드렸나를 생각해 본다. 알게 모르게 사람들에 대한 불평과 불만으로 자신의 의를 드러내고 나만 옳고 사람들은 틀린 것처럼 판단했던 적은 없었나 하고 반성을 해본다.

나는 사람들을 만날 때 진실한 마음으로 대하였나? 사람들의 실패나 실망에 몰두하지 아니하며 사람들의 장점을 발견해 나가는가?

우리는 귀하게 하나님의 형상대로 지음 받은 바 되었으니, 하나님은 "나는 포도나무요 너희는 가지."라고 하셨다.

　포도나무 아래 그리스도의 자녀로 한 가지라고 했는데 참 포도나무 가지가 되는 것은 서로서로 사랑하는 모습으로 각자의 은사와 서로의 좋은 점을 찾아 나가며 인정해 주는 것이다.

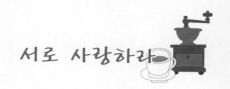

서로 사랑하라

어제 뒤늦게 갑자기 남편의 동료 선생님께서 세상을 떠나셨다는 소식을 전해 들었다. 나이는 이제 갓 오십을 넘었는데…. 안타깝기만 하다.

어떤 질병도 없이, 준비된 예고도 없이 누군가의 곁을 떠난다는 것은 매우 슬픈 일이다. 딸은 카카오톡의 사진을 하얀 국화꽃으로 바꿔 애도의 표현을 하고 있다.

어제는 또 성경의 전도서를 읽었는데 하늘 아래 정해진 모든 것에는 때와 기한이 있다고 한다. 날 때가 있고 죽을 때가 있으며, 심을 때가 있고 심은 것을 뽑을 때가 있다. 죽일 때가 있고 치료시킬 때가 있으며, 헐 때가 있고 세울 때가 있으며, 울 때가 있고 웃을 때가 있다.

슬퍼할 때가 있고 춤출 때가 있다. 돌을 던져 버릴 때가 있고 돌을 모을 때가 있으며, 껴안을 때가 있고 껴안는 것을 멀리할 때가 있다. 얻을 때가 있고 잃을 때가 있으며, 지킬 때가 있고 버릴 때가 있으며, 찢을 때가 있고 꿰맬 때가 있다.

침묵할 때가 있고 말할 때가 있으며, 사랑할 때가 있고 미워할 때가 있으며, 싸울 때가 있고 화해할 때가 있다.

우리는 우리의 앞날에 대하여 우리에게 주어진 시간을 잘 알지 못한다. 어떻게 보면 수건으로 눈을 가리고 장님놀이를 하는 것처럼 우리는 우리의 삶을 헤쳐나가는 데 있어서 앞을 잘 볼 수가 없다. 그러하기에 매일매일의 삶에 있어 죽음을 생각하지 않을 수 없다. 어떻게 살아야 하는가, 어떻게 살 것인가? 이 문제는 우리에게 매우 중요하게 다가온다.

하루하루 멀어져 가지만 우리는 항상 청춘인 줄 알고 살아간다. 하나님께서는 우리가 사람들과 함께 지내며 서로 사랑하라는 말씀을 하신다. 우리는 또한 하나님을 사랑한다고 말하지만, 눈에 보이는 사람들조차 사랑하지 않는데, 우리가 눈에 보이지 않는 하나님을 어떻게 사랑한다고 말할 수 있는가, 하며 누군가는 말한다.

그것은 우리가 어렵고 힘든 상황에 놓인 사람을 볼 때, 우리는 예수님을 대하는 것처럼 우리의 마음이 언제나 하나님의 사랑 안에서 사랑을 실천할 수 있는 내가 되고 우리가 되어야 하는 것이다.

마더 테레사 수녀는 인류의 구원이란 대중을 한 번에 구원하는 것이 아닌, 한 사람 한 사람을 바라볼 때 사랑의 대상으로 섬기는 것이고 단지 한 사람만을 사랑할 수 있다고 했다. 이런 따뜻한 메아리의 울림이 우리의 마음에 눈이 녹은 봄날의 생동감을 불어넣어 주는 것처럼 우리의 가슴마저도 훈훈하게 채워주는 것 같다.

우리가 예수님의 사랑을 전한다고 할 때 우리가 서로 사랑하지 않으면 상대방은 나의 모습 안에서 예수님을 발견할 수 없다. 그래서 우리 마음이 깨끗해야 예수님을 만날 수가 있다.

서로 사랑하는 모습을 원하시기에 예수님은 우리에게 오신 것이다. 그리스도의 참 빛이 된다는 것은 우리의 삶 속에서 친절과 사랑과 베풂의 삶을 사람들과 나누는 일인 것이다.

어저껜 빼빼로데이였는데 '커피 쏘울'의 단골손님인 미술과 학생이 주머니에서 여러 개의 젤리 사탕과 자신의 테이블 위에서 초콜릿을 가져다준다.

이렇게 작은 것 하나에도 감동을 하고 서로 나누기를 원하나 주기보다는 받는 것에 익숙하고 받는 것을 좋아하는 사람들도 종종 본다. 그리고 기본 상식의 매너조차도 없는 사람들을 가끔 보기도 하지만 그럴 때일수록 기도를 한다.

하나님 이런 상황에서는 어떻게 해야 하나요?

나는 조용히 하나님께 묻곤 한다. 요즈음 글을 쓰면서도 소재의 빈곤에 무엇을 써야 하는지를 몰랐었는데 하나님께서는 나에게 사람들과 더욱 사랑하며 살라고 말씀하신다.

가장 작은 것에 충실하라

가장 작은 일에 충성을 다하는 것, 어떤 사람들은 작은 일이라서 보잘것없다고 생각하는지도 모른다.

오늘은 교회 청소당번이라 교회에 도착해 지하별관 청소를 하고 돌아왔다. 근처에 사는 집사님의 메시지를 보고 교회에 즐거운 마음으로 같이 가서 청소를 하다 보니 시간 가는 줄을 모르고 일을 일찍 끝낼 수 있었다.

집사님과 맛있는 점심도 먹고 '커피 쏘울'에 돌아와 햇살을 마주하며 컴퓨터 작업을 하고 있다. 어떤 사람은 눈에 보이는 자신의 직분에는 충실하고 청소라든가 식당 봉사는 하찮고 보잘것없는 것으로 여기기도 한다.

그래서 이 핑계 저 핑계를 대며 참석하지 않는다. 사람들과 일을 하며 강제로 하라 마라 하기는 싫지만 벌써 나의 마음 한구석에는 그런 사람에 대한 신뢰감이 사라져 버린다고나 할까? 그러한 것들을 생각하다 보면 마음이 심란해져 좋은 생각을 하기조차 어려워진다.

그러나 하나님께서는 그러한 경우조차 참고 인내하고 기도하라고 말씀하신다, 누군가가 상처를 주더라도 용서하고, 악을 행하더라도 선으로 갚으며, 저주를 하더라도 축복하라고 말씀하신다.

그러한 상대방을 위한 기도로 그들이 기도의 힘을 통하여 하나님의 신실한 약속을 깨닫게 되도록 우리는 간구해야 한다.

그리고 "작은 일에 충성하라."고 말씀하신다. 하나님 안에 사소한 것이란 없다. 그분은 우리를 위해 자신을 낮추시고 보잘것없는 일을 하셨다.

위대한 창조성 안에서 어떠한 것도 가치 없는 것들로 만들지 않으셨다. 아무리 작은 것이라도 그 안에서는 무한한 생명력이 있다.

우리는 작지만 보잘것없는 것이라도 규칙을 준수하고 작더라도 사랑을 실천할 때, 우리 안에 거룩한 삶으로 그리스도를 닮아가는 첩경이 될 것이다.

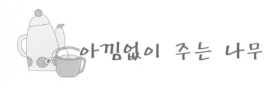

아낌없이 주는 나무

남편은 생을 달리한 동료 선생님의 떠나는 길에 마지막 배웅을 위해 완도를 다녀왔다. 선생님의 고향인 제주도행 배로 그분을 보내며 늦은 시간 귀가를 했다.

왜인지 모를 쓸쓸함, 저쪽 보이지 않은 먼 곳에 있는 줄 알고 있었던 미래가 한순간 다가와 누군가를 데려가는 일을 겪으면서 텅 빈 공간의 허전함이 밀려오는 것을 느낀다. 누군가가 있었던 그 자리에 대해서 잘 느끼지 못했지만 정말 떠나고 나니 떠난 빈자리는 메울 수 없는 빈 공간으로 남아 있음이 느껴진다.

갑자기 작은 올케를 통해 친정 엄마의 소식을 전해 듣게 되었다. 요즘 감기 기운이 있어 뒷머리가 아프다고 하신다고….

그러잖아도 뇌출혈로 수술하신 지 얼마 되지 않아 세심한 주의가 필요하다. 아마도 친정엄마는 며칠 동안 머리가 아픈 채로 지내신 것 같다.

예배 후에 친정엄마를 모시고 대학 병원을 찾아갔다. 여러 가지 검사를 통하여 뇌수막염 증세를 확인했다. 바쁘다는 핑계로 자주 찾아뵙지도 못하고 전화도 못 한 자신을 생각하며 친정 엄마를 보고 있노라니 『아낌없이 주는 나무』가 떠올랐다.

소년과 나무는 아주 친한 친구로 어릴 적부터 늘 함께해 왔기에 소년은 나무를 사랑했고 나무는 소년 덕분에 늘 행복했다. 시간이 지나고 소년은 어른이 되어 돈이 필요했고 나무의 열매를 따가게 되지만 그래도 나무는 여전히 행복했다.

그리고 소년이 배가 필요해 나뭇가지를 베어 가도 나무는 행복했다. 그리고 소년이 나이가 들어앉을 자리가 필요해 나무를 베어 벤치로 만들고 그 굵은 나무기둥에 앉아 있는 노인의 모습마저도 상상하며 행복했다.

소년을 위해 모든 것을 다 내어주어도 행복해하는 나무처럼 엄마란 존재가 모든 것을 내어주며 희생하는 모습에서 몹시도 슬프게 느껴진 적이 있었다.

그것은 오늘 나와 엄마와의 관계에서 엄마를 오랫동안 바라다본 풍경인지도 모른다, 항상 우리는 뒤늦게 깨닫고 후회하는 습성이 있다.

우리는 누군가를 만날 때 다시 또 보자고 하지만 우리는 내일을 기약하지는 못한다. 그래서 우리는 누군가를 만나든 행복해야 한다.

그리고 순간순간 자신이 할 수 있는 최선을 다해야 한다. 왜냐면 우리는 모두 소중한 존재이고 행복할 수 있는 이유가 여기에 있기 때문이다.

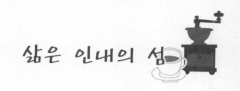

　오늘은 잠깐씩이지만 눈이 여러 차례 내렸다. 화장실에 다녀오는 동안 물끄러미 내리는 하얀 눈을 바라보고 있노라니 기분이 좋아진다.

　바로 Sarah에게 눈이 온다는 메시지를 보냈더니 그녀는 바로 강한 폭풍우와 회오리바람이 있었다는 소식을 전한다(We have strong storms and tornadoes).

　요즘 전해 들은 몇 가지 소식 때문에 기분이 좀 가라앉았지만, 교육대 학생 커플의 발랄한 대화를 들으며 나의 기분은 조금씩 좋아지고 있었다. 그리고 이 근처 공공기관에 강의가 있어서 이곳 카페가 예뻐서 들렀다는 두 사람. 창밖에 눈 내리는 풍경이 근사하게 느껴졌는데 그들과도 잘 어울리는 '커피 쏘울'만의 한 장면이다.

　한동안 이곳을 즐겨 찾아왔던 단골손님이었던 이 근처에 사는 분이 이곳 '커피 쏘울'에 그의 아는 사람들과 함께 찾아왔다. 눈 내리는 풍경과 함께 그들의 어우러지는 대화는 따뜻하면서 정감 있게 느껴진다.

미술과 단골손님들도 어김없이 이곳을 자신의 집처럼 여기며 11월에 있을 임용시험을 준비하느라 조용히 공부에 여념이 없다. 과외 학생과의 오리엔테이션을 위해 교육대 학생과 학생 아버지와의 만남, 그들의 진지한 대화는 학업을 향한 대단한 열정이 느껴진다.

항상 언제 봐도 다정한 커플의 만남은 조용한 속삭임의 언어로 둘만의 세계를 '커피 쏘울' 안에서 꽉 채워나간다.

오늘 내리는 눈은 그저 가볍게 솔솔 부는 바람처럼 왔다가 지나가 버린다. 삶은 인내의 섬처럼 시간의 기다림 속에 우리를 같은 자리에 있게 만든다.

누군가 반가운 사람이 찾아오기라도 하면 해바라기처럼 방긋 웃는 모습으로, 그들과의 대면에 기쁨을 감출 수 없을 때가 종종 있기도 하다. 그러면서 잠시 사람들과 대화를 하다 보면 지금 순간은 물론 자신에게 속한 모든 것이 영원할 것처럼 느끼기도 한다.

순간순간 우리는 시간 속으로 잊혀가는 그런 존재라는 것을 생각해보면, 지금의 삶을 아쉬움 속에 그리움의 순간으로 물들여 가는 것은 중요한 과제로 여겨진다.

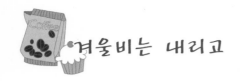

겨울비는 내리고

갑자기 기온이 내려가고 겨울비가 대지를 촉촉이 적셔주고 있다. 이제 비가 그치고 나면 날씨는 더 추워질 것이다. 이런 계절엔 몸도 마음도 움츠러들어 기분이나 감정마저도 저하되게 마련이다.

허브티 종류인 서던민트를 한 잔 마시니 마음이 편안해지고 그윽하면서도 싱그러운 민트 향이 일품이다.

겨울의 길목에 들어서는, 회색 빛깔의 기운이 느껴지는 계절, '커피 쏘울' 안에서 허브티 종류인 서던민트를 마셔보는 것도 겨울의 운치를 흠뻑 느끼기에 충분하다. 조용하면 조용한 대로, 사람이 많아 북적북적 거릴 때에도 이곳 '커피 쏘울'은 '커피 쏘울'만의 분위기와 운치를 자아내고 있다.

사람들은 혼자면 혼자인 채로 여럿이면 여럿인 채로 이곳에 들러 그들만의 향기로운 만남을 위해 한껏 '커피 쏘울'의 분위기에 빠져들곤 한다.

　가끔 이곳에 들러 토마토 주스는 물론 다양한 종류의 메뉴를 하나하나씩 먹어보는 한 중년 여인은 휴대폰을 가지고 삼사십 분 동안 메시지를 보내다 이곳을 떠난다.

　공강(강의가 없는 시간)에 이곳 '커피 쏘울'에 들러 책을 늘어놓고 열심히 읽다 떠나는 교육대 학생, 처음 보는 얼굴처럼 느껴지는 이 학생은 다소곳하게 뜨거운 아메리카노를 주문한다.

　나에겐 처음 만남이나 오래된 만남 모두 중요한 순간이 된다. 왜냐하면 처음 보는 순간 느낀 친절한 이미지나 좋은 인상은 시간이 지나면서도 기억이 되고 그곳을 찾게 되는 순수한 이유가 되기 때문이다. 그래서 난 이곳에 오는 낯익은 얼굴이든 처음 보는 얼굴이든 누구에게나 친절함을 베푸는 노력을 아끼지 않는다.

　오늘은 고린도전서를 읽으면서 여러 가지를 깨닫게 된다. 특히 사랑이 이렇게 중요한 것인지를 미처 깨닫지 못했다는 생각이 들었다.

　"내가 사람의 방언과 천사의 말을 할지라도 사랑이 없으면 소리 나는 구리와 울리는 꽹과리가 되고, 내가 예언하는 능력이 있어 모든 비밀과 모든 지식을 알고 또 산을 옮길만한 믿음이 있을지라도 사랑이 없으면 내가 아무것도 아니요, 내가 내게 있는 모든 것으로 구제하고 또 내 몸을 불사르게 내 줄지라도 사랑이 없으면 내게 아무 유익이 없느니라.

사랑은 오래 참고 사랑은 온유하며 사랑은 시기하지 않으며, 또한 자랑하지 아니하며, 교만하지 아니하며, 무례히 행치 아니하며, 자기의 유익을 구하지 아니하며, 악한 것을 생각하지 아니하며, 불의를 기뻐하지 아니하며, 진리와 함께 기뻐하고, 모든 것을 참으며 모든 것을 믿으며, 모든 것을 바라며 모든 것을 견디느니라.

그런즉 믿음, 소망, 사랑, 이 세 가지는 항상 있을 것인데 그 중의 제일은 사랑이라."

이러한 구절을 읽으며 사랑의 중요함을 깨달아 가게 된다. 앞부분의 고린도전서에서는 우리가 그리스도의 지체로서 부족한 부분조차도 각각의 부분과 결합하여 조화롭게 이루어간다는 말을 하고 있다.

우리가 그리스도의 지체라고 한다면 여러 부분에서 하나라도 빠져서는 안 되는 중요한 부분일진데, 그렇다면 서로 사랑해야 하는 중요한 이유가 여기에 있음에도 우리는 믿음의 형제, 자매라고 하며 불협화음을 낼 때가 많다.

"사랑은 모든 것을 참으며, 모든 것을 믿으며, 모든 것을 견디느니라."라고 했는데 가끔 믿음의 가족과 활동을 하면서도 상처를 받을 때가 있다.

부부가 서로 믿지 못해 이혼하는 경우를 종종 본다. 난 믿음의 가족이라는 울타리 안에서 자신이 중요시하는 부분이나 직분에 대해서는 충실하면서도 보이지 않는 봉사 등은 나 몰라라 하는 것을 볼 때 가슴 한구석에 서글픔이 자리 잡는다.

서로 믿고 못 믿고 하는 문제가 가족의 분열, 사람들과의 분열로 이어지는 것 같아 안타깝기도 하다.

그러나 오늘 내가 홀로 서 있는 순간에도 난 하나님과 동행했다는 것을 느끼면서 '난 정말 행복한 삶을 살고 있구나!' 깨닫게 된다.

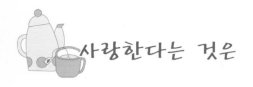

사랑한다는 것은

　살아가면서 무엇보다도 사람에 대한 사랑이 충분히 채워졌으면
하는 바람을 늘 가지고 있다.

　그러나 항상 인간의 본성적인 기질과 행하려는 사랑의 의지는
대립하는 상황을 빚어내면서 자신의 가슴을 치게 하는 일이 되고
마는 경우를 종종 보게 된다.

　오늘도 친정엄마의 뇌수막염 치료 때문에 병원에 계신 엄마와
있으면서 진심으로 사랑하겠다는 마음을 가져 보지만, 대화를 나
누다 보면 다투고 의견이 종종 일치되지 않을 때가 있다.

　이렇듯 우리가 세상을 살아가면서 사람들과 대화를 할 때도 상
대방의 이야기를 다 듣지 못하고 서로 이해하지 못하는 상황이 있
을 수 있다.

　병원에 와 보니 이 사람 저 사람 아프지 않은 사람이 없다.

한 달 동안 목이 아파 감기 증세로 개인병원을 찾다 호전되는 증세가 보이지 않아 종합병원에 와보니 폐렴이라고 하는 내 옆에 있는 사람, 혈액암으로 투병 중인 내 또래의 중년부인, 당뇨로 저혈당이 되어 쓰러져서 온 사람, 나이가 들어 몸의 각 부분이 역할을 다하지 못해 누운 채 병간호를 받는 사람…. 이들 모두 가엾지 않은 사람이 없다.

병원에 있으면서 처음엔 함께 있는 사람들과 개인적인 성향도 다르고 해서 사람들을 대하기가 어려웠다. 그런데 제일 중병을 가진 혈액암으로 투병 중인 사람이 원두커피를 대접하며 화기애애한 상황으로 병실 분위기를 바꾸어놓는다.

사람이 몸이 아프면 괴롭고 힘이 들지만, 마음의 문이 닫혀 있는 사람을 볼 때 더욱더 슬프고 안타깝게 느껴진다.

가까이에 있는 사람들과도 생각이 맞지 않아 대화가 되지 않을 수도 있지만, 현대사회를 살아가는 데 사람들과의 원활한 소통은 매우 중요하다. 이런 소통을 통해 우리는 더불어 생각을 나누고 공감하며 함께 나아갈 수 있기 때문이다.

얼마 전에 고린도전서에서 본, 사도 바울의 삶을 볼 때, 그는 얼마든지 부유하고 안일한 삶을 살 수 있었지만, 세속적인 삶을 버리고 하나님의 부름 받은 사도로서의 사명을 다하게 된다. 자신의 모든 것을 내려놓음으로써 하나님께서는 그가 가는 곳곳마다 기적의 역사가 일어나게 한다. 중풍병자를 고치고, 난간에서 떨어진 젊은 유두고를 살리는가 하면, 그가 여러 곳을 다니며 복음을 전할 때마다 사랑의 힘이 발휘되어 발칵 뒤집히는 역사가 일어난다.

난 고린도전서 9장 18절부터 23절까지 내용이 인상 깊게 느껴졌다.

자신의 귀한 신분을 다 버리고 사람들을 진심으로 사랑하는 바울은, 낮으면 낮은 대로 사람들의 다양한 계급이나 계층에 따라 같아지는 노력을 하며, 사람들에게 다가간다.

복음을 위해 모든 것을 버리고 최선의 노력을 하는 그를 보면서 새삼 사랑의 부족함을 깨닫게 된다.

우선 사람들을 이해하고 사랑한다는 것은 잠시 잠깐이라도 상대방의 입장이 되어 진실하게 대화를 나누고 그 순간의 느낌을 같이 공유하는 것이다.

그리고 상대방의 친구가 되어 기쁠 때나 슬플 때나 함께하고, 행복한 순간을 만들기 위해 노력해야 하는 것이다.

병원에서 엄마와 며칠을 지내면서 많은 생각을 해보았다.

우리는 매 순간순간을 살아가지만, 서로에 대하여 무관심하게 지나쳤던 시간이 얼마나 많았던가를 다시금 생각하게 되었다.

그리고 엄마와 행복한 추억을 만들기 위하여 시간의 소중함을 느끼며, 조금 더 관심을 갖고 가까이 다가가 어릴 적 나무와 소년의 관계로 돌아가서 아낌없이 주는 나무를 회상하고 싶다.

　사랑한다는 것은 함께한다는 것이고 우리에게 이제 남아 있는 시간에라도 서로 보듬고 아끼며 친구처럼 지내야겠다는 다짐을 해 본다.

카페의 프리미엄(Premium) 고객은 한 사람 한 사람이어야 한다

카페는 한 사람 한 사람이 중요하다고 본다.

그래서 여러 사람이 많이 오는 것도 카페운영에 있어 매우 중요한 일이지만, 이곳에 찾아온 한 사람 한 사람이 이곳 커피 쏘울이 편안하게 느껴졌을 때, 그들은 이곳을 자주 찾아오는 단골손님이 되고, 이곳은 그들의 친구들을 데리고 찾아오는 풍요로운 만남의 장이 될 것이다.

그래서 난 이곳에 찾아오는 한 사람 한 사람의 친구가 되려고 노력을 하고 그들과의 호흡을 위한 발걸음을 멈추지 않는다. 언제나 신선한 감각을 잃지 않는 것이 매우 중요하다. 이곳 커피 쏘울엔 과제에 바쁜 여대생 혹은 학교 앞 근처에서 학생을 기다리기 위해 이곳을 찾은 학생의 엄마들도 있다. 이곳 커피 쏘울을 즐겨 찾는 한 사람 한 사람의 중요한 만남에서 그들을 위한 잠시 동안의 쉼이 이곳을 통해 편안함을 얻고 정신적인 풍요를 느낄 수 있도록, 많은 종류의 책은 아닐지라도 신간도서 등을 갖춤으로써 다시 찾을 수 있는 카페가 되도록 노력을 아끼지 말아야겠다는 생각을 가져본다.

우리는 삶을 살아가는 데 있어 각자 소중한 존재이듯이 카페를 찾는 사람들도 한 사람 한 사람 어느 누가 되었든, 그 사람은 중요한 삶의 구성원이 되는 것이다.

그래서 이곳에 오는 한 사람 한 사람이 행복하고, 따뜻하고, 평화로운 장소가 되게 하기 위하여 나 또한 편안하고 따뜻한 사람이 되고자 노력한다.

'커피 쏘울'과의
소중한 인연을 맺게 한 사람

　커피숍을 하고자 할 때 위치의 선정, 매장에서 필요한 여러 가지 궁금점이 생겨 좋은 안내자를 필요로 할 때 만났던 한 분이 있다.

　그분은 기계 분야 관련 전공을 했는데 어떠한 계기로 커피와 인연을 맺게 되었는지 모르지만, 맛있는 커피를 만들기 위한 로스팅 작업에서도 열심을 다하시는 분이다. 그래서 이곳 커피 쏘울에 맛있는 아메리카노 및 카페라테, 카푸치노, 카페모카 등 여러 가지 메뉴에 있어 기본 원두를 제공해 주시는 분으로, 카페 오픈 당시 메뉴 선정 및 전반적인 실무체계에 있어 아무것도 모르는 상황에서 이 커피 쏘울의 시작을 있게 한 분이다.

　일반 사람들은 커피숍의 위치선정을 할 때 사람들이 많이 돌아다니는 장소 및 중심가에 위치한 곳을 선호한다.

　그냥 우연히 집 근처의 미용실을 방문해 주변 경치의 풍경에 반해 선택한 이곳 커피 쏘울.

처음엔 커피 사장님은 위치 선정에 있어 탐탁지 않게 받아들였던 부분도 있었으나, 본인의 신념이 있으면 흔들리지 말고 오픈을 하라고 권유했던 것을 기억해 본다.

삶에 있어서 중요한 것이 있다. 그것은 자신이 하고 있는 일에 있어 만족하고 얼마만큼 자부심을 가지느냐의 문제이다. 예전에 내가 하고 있는 일을 누군가가 물을 때 사람들이 어떻게 생각하는지 몰라 먼저 대답하지 않았었으나, 요즘은 내가 누구이고 무엇을 하는가에 대해 서슴지 않고 나를 밝히곤 한다.

다른 사람들의 관심이나 이목보다는 나 자신에게 충실한 모습을 보이며, 나를 사랑하고 아끼는 존재로 이어지게 한 그분과의 소중한 인연에 다시금 감사를 더 한다.

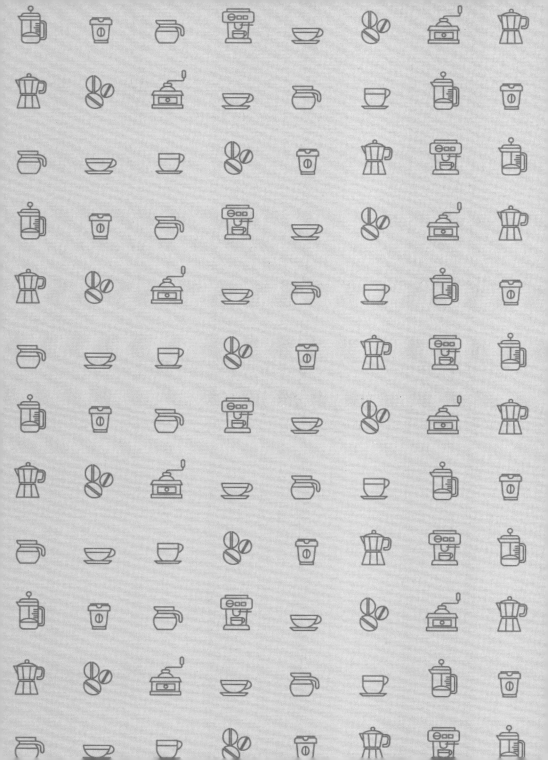

부록

성공하는 카페 창업과 운영

사람이 세상을 살아가면서 모든 것을 다 알 수 없듯이
이렇다저렇다 할 만한 정답은 없다.
그렇지만 4년 넘게 커피숍을 운영하면서 쌓고 익힌
여러 가지 경험과 노하우를 나눠보고자 한다.

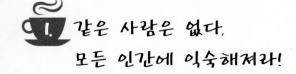 같은 사람은 없다,
모든 인간에 익숙해져라!

1) 친절하되 과잉친절은 피해야

우선 찾는 사람들에게 친절한 이미지를 주는 것은 매우 중요하다. 하지만 과잉친절이라는 느낌을 주어서는 안 된다.

나는 성격이 사람들을 보면 장점이나 혹은 바뀐 외모, 헤어스타일 등을 그냥 지나치지 않고 칭찬을 하는 경향이 있다. 어느 날 이곳 근처 대학생이 이곳을 자주 찾아오곤 했는데 그녀의 바뀐 헤어스타일을 칭찬을 했던 적이 있다. 그런데 그녀의 반응이 과잉친절로 받아들이며 불편한 듯했다. 내 생각과는 달리 받아들이는 그녀의 반응을 보며 작지 않은 충격이 있었다.

사람들을 대할 때 사람에 대해 너무 많이 알려고 하는 태도는 상대방의 입장에서 불편할 수 있다. 그냥 상대방이 그곳의 분위기나 편안함에 이끌려 그 공간을 찾아오게끔 하는 것이 중요하다.

2) 사람을 좋아하고 가까워지는 친밀감이 중요

우선은 카페를 운영하는 사람 성격이 사람을 좋아하는 면이 어느 정도 있어야 한다. 왜냐하면 카페 운영은 일의 생산성도 중요하지만, 사람들과의 친밀감이 한 번 온 사람이 다시 찾아오게 하는 데 중요한 요소이기 때문이다.

언제나 그 공간을 찾아오는 사람들에게 메인(Main)이 되게 하는 것, 그리고 난 그들의 이야기 속 배경이 되어 어우러지는 가운데 하나의 그림을 그려나가는 것이 중요하다. 그렇게 시간이 지나면서 사람들은 서로 존중하게 되는 법을 배우게 된다.

처음 카페를 운영하면서 찾는 사람 모두가 성별, 나이, 직업, 특성이 하나같이 다르고, 이러한 다름의 차이를 받아들이는 일이 매우 힘들었다. 저녁 늦은 시간 중년 여성층의 사람들은 저녁 식사를 마친 후 술을 한 잔씩 거나하게 마신 후 이곳 카페를 찾는다. 그들은 취한 상태에서 메뉴를 주문하는지라 자신이 주문했던 것을 정확히 기억하지 못하고, 아메리카노를 핫으로 주문하고서 아이스로 주문했다는 둥 딴소리를 할 때가 있다.

카페 안의 대학생들은 조용히 팀워크를 짜서 과제를 하고 있는데, 이들은 목소리도 클뿐더러 분위기를 어수선하게 만들면서, 서로 보이지 않는 마찰이 있기도 한다.

그리고 이곳 커피숍 공간은 그리 넓지도 않고 그다지 좁지도 않아 주변 아파트에 사는 사람들의 다양한 모임 이 이뤄지기도 한다. 그들은 보통 저녁 식사 후 술을 한잔 마시고 찾아온다. 적당히 취한 사람들은 기분 좋게 메뉴를 결정하여 마시고 돌아가기도 하나 술에 만취한 사람들은 주문받은 메뉴를 든 팔을 실수로 치는 바람에 메뉴들이 엎질러져 본의 아니게 난장판이 된 일도 있었다.

3) 자기만의 카페 분위기와 특색 갖춰야

시간이 지나면서 카페의 특성은 누구보다도 카페를 찾는 사람들이 만들어간다. 카페마다 가진 분위기에 맞춰 이용하고 그러면서 그 분위기를 갖춘 특색 있는 카페의 역할을 다하는 것이다.

내가 운영하는 '커피 쏘울'의 특색은 조용하고 아늑하여 대학생들이 과제를 하는 데 있어서나 과외공부를 하며 시간 안에 성취감을 맛보는 데 있어서 각광받는 장소라는 사실이다. 그렇다고 만남에서 수다를 즐기는 젊은 주부층이라든가 여대생들에게 불편한 장소는 아니다.

이곳은 하얀 도화지에 각각의 사람들이 어떤 그림을 그리든 그들의 색채와 그들의 감성이 어우러져 공존하는 장소로 서로 존중하며 아름다운 영혼이 어우러져 숨 쉬는 장소의 역할을 다한다.

처음에는 사람들이 이곳에 오면 난 그들이 누구인지도 모르는데, 그들은 자신을 인정해 달라는 듯이 대화 속에서 스스로 높이며 주위는 아랑곳하지 않는 사람들도 종종 있었다. 그렇지만 변함없이 내가 자신의 역할을 다하고 사람들을 존중하는 태도를 보이자, 그들 역시도 함께 더불어 유익하도록 변화하면서, 이제 그들은 나의 친구가 되었고 아름다운 동행이 될 수 있었다.

4) 사람에 대한 이해의 폭을 넓혀라

무엇보다 난 카페를 하면서 사람들을 알아 가는 것이 기뻤다. 그것은 사람들과의 관계를 만들어 나가면서 느껴지는 그 사람의 속성과 쌓이는 우정, 가까워지는 친밀감 등에서 찾아왔다.

카페의 시작과 더불어 모든 것이 좋았던 것은 아니다.

주변의 이웃 사람 중 어떤 사람은 단지 내가 카페를 한다는 이유로 일 년가량을 하루에 한 번씩 그냥 가족처럼 이곳 카페에 와서 커피를 마시고 커피 값도 내지 않고 가기도 했다.

이렇듯 가지각색인 수많은 사람을 보면서 사람에 대한 이해의 폭이 넓어졌다고나 할까?

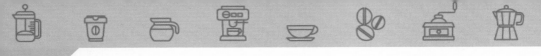

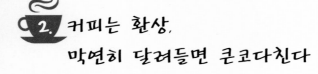
2. 커피는 환상,
막연히 달려들면 큰코다친다

1) 수익보다 커피에 대한 관심과 사람에 대한 진실함이 우선

이곳저곳을 다니다 보면 여기저기 커피숍이 많이 있는 것을 볼 수 있다. 그러한 커피숍을 볼 때마다 커피에 대한 꿈을 가진 사람은 심장이 뛰고 자신의 꿈을 그리며 막연한 환상을 가질 것이다.

그러나 커피숍 운영을 단지 물질적인 욕망에서 출발한다면 많은 부분에서 사람들과의 진정한 만남을 이루기도 어려울 뿐더러, 진정한 만남이 이뤄지지 않는 커피숍이라면 그 운영도 쉽지 않을 것이다.

사람 자체가 좋아야 하고 커피에 대한 관심이 있어야 하며, 물질을 따라가는 것이 아닌 사람에 대한 진실함이 뒤따라야, 커피를 사랑하는 애호가와 더불어 만나고 다양한 사람이 즐거워하며 소통할 수 있는 공간이 된다.

2) '대박' 환상보다 '쪽박' 현실을 고려하라

막연한 환상으로 사람들은 대형 프랜차이즈 커피숍을 보며 그곳의 운영 수입만을 생각하며, 자신이 운영하면 더 많은 것을 얻을 수 있다고 자신한다. 그러나 반대로 자신이 가진 모든 것을 내던지는 상황이 올 수도 있다는 것을 예상하진 않는다. 상황이 어떻게 될지 모르기 때문에 항상 그 부분까지 염두에 두고 고민을 해야 할 문제이다.

내가 운영하는 커피숍은 처음 시작과 달리 시간이 지나면서 근처 여러 곳에 커피숍이 생겼음에도 사람들이 잊지 않고 찾아주고 예상치 않게 스터디 모임이 이곳에 서 이뤄지면서 큰 어려움은 없었다. 하지만 강 건너 신도시 주변 커피숍은 대형 프랜차이즈 커피숍이 생기면서 잘 되었던 소형 커피숍 몇 곳이 문을 닫기도 했다.

그래서 결국은 자신의 적성, 성향을 고려하여 사람들과의 만남을 중요시하고 사람들과의 관계를 중요시하는 사람만이 커피라는 매개체를 통하여 사람들과의 거리를 좁혀 따뜻한 만남을 유지할 수 있게 된다.

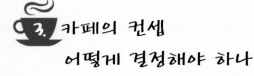

3. 카페의 컨셉 어떻게 결정해야 하나

1) 컨셉에 운영자 취향이나 개성을 반영하라

카페 운영은 운영자 자신의 취향이나 개성에 따라 카페의 분위기를 만들어나갈 수 있다.

자신이 운영하고자 하는 카페의 컨셉을 결정하기가 어렵다면 이곳저곳의 특색있는 카페를 다녀보는 것도 좋은 방법이다.

사진이나 미술 작품들을 전시해놓은 갤러리 형태의 카페도 좋고, 자신이 여행하는 것을 좋아하고 여러 곳을 다니면서 수집해놓은 기념품 등이 많다면, 여행지의 특색과 추억을 담아 카페 분위기를 꾸며보는 것도 좋을 듯하다. 다양한 책과 독서를 좋아한다면 북카페 형태로 꾸며보는 것도 괜찮다.

2) 누구나 좋아하지만 독특한 컨셉

사람들은 저마다의 개성과 취미가 있을 뿐만 아니라 여러 가지

부분에서 다른 점을 지니고 있다.

　이곳 '커피 쏘울'은 들어오는 입구부터 시작해서 나의 미술작품과 여러 종류의 화분을 정돈하여 사람들을 맞이한다. 벽면에 크게 위치한 이국적인 풍경의 아크릴화는 사람들로 하여금 서양의 이국적인 분위기를 한껏 느끼게 해주기도 한다.

　그리고 '커피 쏘울'에 들어와서 안쪽 공간은 나의 서정적이고 감성적인 시와 그림이 담긴 작은 액자를 놓아 사람들을 반기고 있다. 다른 사람의 손에 전부를 맡긴 인테리어가 아닌 나 개인의 감성과 손때가 묻은 이곳저곳의 흔적은, 이곳에 오는 사람들로 하여금 자연스러움과 "와우! 예쁘다."를 연발하기에 충분한 것 같다.

　무엇보다도 자신의 개성, 자신의 취미, 독특한 아이디어로 자신이 꿈꾸는 컨셉의 카페를 꾸며보는 것이 바람직하다.

4. 카페는 자신의 모든 것(Everything)이 되어야 한다

1) 카페 운영에 '적당히'는 없다

얼마 전에 같은 교회에 다니는 교인이 한방카페를 하겠다고 이곳 '커피 쏘울'을 다녀갔다. 난 그녀의 아이가 세 명이나 되고 너무 어린 데다 아직 젊은 나이여서 조금 더 있다 하라는 권유를 하기도 했다.

내 경우도 카페에서 보내는 시간이 너무나 많아 아이들을 돌보는 데 어려움이 있었고, 중요한 시기에 아이들 교육에 적지 않은 영향을 미친 것 같아, 그녀에게 나중에 하라고 했던 것이다. 그녀는 직원을 두고 운영을 할 것이라며 자신이 카페를 운영해야 하는 이유를 말했다.

카페에 아르바이트생을 두고 운영하면 일을 어느 정도 배운 다음 익숙해지면 갑자기 일을 그만두면서 다른 아르바이트생을 구해 또다시 처음부터 가르쳐야 하는 과정이 번거롭고 적지 않은 스트레스가 생긴다.

그리고 사람이 바뀌면서 적응하는 것도 그렇고 같은 공간에서 서로의 기분이나 감정 조절을 하며 지내야 한다는 것도 쉬운 일이 아니다.

그러므로 카페를 운영한다고 하는 순간부터 자신은 카페에 온전히 맡겨버려야 한다.

2) 일 외에 내적 성장 활동 즐길 줄 알아야

많은 시간을 카페에서 메뉴를 만들고 손님을 맞이하며 시간을 보내기도 하지만 자신과 분투하며 보내는 시간도 절대 적지 않다. 그러하기 때문에 카페라는 공간이 자신의 내적인 성장에 지대한 영향을 줄 수 있도록 노력하는 일도 필요하다.

예로 독서라든가 성경공부, 영어회화를 익히며 자신의 노력을 기울이는 것도 좋을 듯하다. 항상 주어진 시간에 집중해서 자신의 내적 성장에도 힘써야 카페 운영도 앞으로 나아가고 성장하지 않을까 한다.

이렇듯 카페는 자신의 포인트에 맞추어 운영하고, 지속해서 자신의 계발을 위하여 노력한다면 좋은 장소가 될 것임이 틀림없다.

그러하기에 카페는 자신의 취미, 자신의 특기 등 모든 것을 쏟아 부은 자신의 전부(everything)이어야 하는 것이다.

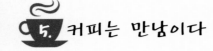

5. 커피는 만남이다

1) 커피 장사, 돈 벌기도 어렵지만 일도 힘들다

커피 장사해서 큰돈을 벌려 한다면 생각을 바꾸는 것이 좋다.

자유로운 영혼 조르바처럼 우리 삶 자체가 끊임없이 자유를 꿈꾼다 할지라도, 꿈은 꿈에 불과한 것처럼 커피는 이상이지 현실에 자리 잡는 것은 아니라고 생각하기 때문이다. 그래서 카페를 떼돈을 벌겠다는 생각으로 시작하면 큰 무리가 따른다.

각각의 메뉴를 만들 때에도 시간과 정성을 쏟고 이에 대한 가격을 생각하면서 어렵고 힘들게 돈을 벌고 있다는 생각을 할 때도 있었다. 모르는 사람들은 커피숍에서 해야 하는 일이 어렵지 않고 간단할 것으로 생각하지만, 누구나 쉽게 할 수 있는 일은 아니다.

재료를 사고 만들며 손님을 맞고 서빙하고 설거지도 해야 한다. 영업 시작과 더불어 준비하는 과정도 만만치 않고 모든 재료가 떨어지기 전에 준비도 해놓아야 한다. 영업을 마감하고 정리하는 과

정도 기계 청소와 실내·외까지 청소하다 보면 일이 끝난 후 삼사십 분은 소요가 된다.

2) 열정으로 커피와 일에 대한 매력 느껴야

카페를 시작하기 전, 커피에 대한 열정이 가득하고 커피숍을 하고 싶은 마음에 내가 하고 싶은 작지도 크지도 않은 카페를 잘 운영하고 있는 분이 있어 찾아갔다. 그곳에 찾아가 그분에게 조언도 듣고 커피 이야기를 하며 시간 가는 줄 몰랐던 기억이 있다.

그러나 그녀는 커피숍이 잘되고 있을 때 어떤 이유에서인지 갑자기 다른 사람에게 커피숍을 넘겼다.

그런 후 그녀는 커피숍에 대한 향수에서인지 아니면 다른 이유에서인지 내가 하고 잘하고 있는 커피숍을 자신에게 넘기라고 제안을 하곤 했었다.

난 지금 커피숍을 운영하며 여기까지 이르렀지만, 내가 한 일에 대해서나 앞으로 커피숍을 계속하려는 열정이나 열망은 변함이 없다.

그러하기 때문에 커피를 좋아하고 그 일에 대한 매력을 느낄 수 있는 사람만이 오래 그 일을 사랑하며 지속할 수 있다고 확신한다.

커피의 매력은 독특한 향기이다. 세상의 어떤 차도 커피 향을 따

라갈 수는 없다. 그 향을 통해 커피 마니아가 생기듯이 일상의 모
든 만남에는 반드시 커피가 있다. 커피는 그냥 우리의 일상이다.

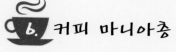
6. 커피 마니아층

1) 커피 수요층 저변 확대

커피 마니아 하면 보통 이삼십 대 층일 것으로 생각한다. 그러나 요즈음 커피숍이 많이 생기고 내 나이 또래의 사람들이 즐겨 다니던 예전의 카페와는 양상이 많이 달라졌다. 그때만 하더라도 커피값도 비싸고 커피 전문점도 흔치 않았는데 요즈음은 이곳저곳 크고 작은 카페가 엄청나게 많이 들어서 있다.

그러면서 커피를 즐기는 수요도 늘었지만, 수요층도 다양해졌다. 보통 생각하는 것처럼 이제 젊은 사람만이 커피를 즐기지 않는다. 나이와 관계없이 누구나 카페에서 커피를 즐기고 만남을 가지게 된 것이다.

2) 고객층이 폭넓고 다양해야 활기찬 카페

나 역시도 이곳 '커피 쏘울'을 시작하며 타깃을 일반적으로 생각

하는 것처럼 이십 대 여대생이나 젊은 삼십 대로 생각했었다. 한데 막상 운영하면서 보니 실제는 크게 달랐고 특정한 연령층만을 상대해서는 운영도 쉽지 않음을 깨달았다.

이렇듯 카페 운영에서 중요한 사실 하나는 이용하는 연령층이나 계층이 폭넓고 다양해야 한다는 것이다.

대학생, 이삼십 대층, 삼사십 대 주부층, 삼사십 대 중년층, 나이 든 사람들의 발길이 옮겨져야 활기찬 카페가 되고, 이는 수익 향상에도 지름길이 된다.

 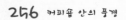